扉の先に

扉《とびら》の先《さき》に

佐倉朱里《さくらあかり》

ILLUSTRATION：青井《あおい》 秋《あき》

扉の先に

LYNX ROMANCE

CONTENTS

扉の先に

鼻がムズムズする。おれ——竹之内郁磨《たけのうちいくま》は顔をしかめ、小鼻をさすった。

「なんだ？　くしゃみ？」

急に黙りこんだことを訝《いぶか》ってか、隣を歩いていた綿貫大地《わたぬきだいち》がのぞきこんでくる。

「ついに花粉症じゃないのか」

などといじわるく笑うのは、自分はこの時期薬を飲まずにはおれないのに、おれがけろりとしているのが癪《しゃく》に障るのだ。

おれは首を振った。

「あれは一日中ムズムズするんだろ。おれのは今だけ、クシャミ一回すればおさまる」

「そんなこと言って、今年はいよいよデビューかもよ？」

「断じて違う」

生まれてこのかた花粉症になったことがないので、正確なところはわからないが、あれは始終ムズムズイガイガしているそうではないか。それだけ見ても、今、自分の鼻にとりついているやつは、花粉ではない。

だから気が楽かといえばそうでもなく、出そうで出ないクシャミというのも、それはそれで気になるのだが。

「あームズムズする」

「こよりでもつっこむか？」

「そりゃずいぶん古典的だな」

やくたいもない話をしながら、学食に向かう途中で、大地のほうが立て続けにクシャミをした。

「花粉症か」

こっちのが本格的だ。まだ三月初めだというのに、真っ先に反応が出るたちの大地は、鼻をぐすぐすさせている。

「うー、ヤク切れだ。早くメシにしようぜ」

昼時の学食は、整然と並べられた八人がけの長テーブルの、ほとんどの席が埋まっていた。おれは食堂内を見回した。

「相変わらず混んでんなあ」

「この際、椅子《いす》ひとつでもあいてりゃいいよ」

「どっちかは立ち食いか？」

大地はあっさり答えた。

「二人くらい座れるだろ」

本気で言うあたりがこわい。そりゃ大地はいくらか小さめだが——尻《しり》に限らず、背丈を含めて小作りなのだ——ひとつの椅子に男二人ぶんの尻が乗ると思ってるのか。

そのときだ。綿貫、と、大地を呼ぶ声がした。

おう、と当人が返事をしているところを見ると、知り合いか。

声は窓際の席から発せられていた。大地はそちらにずんずん進む。

「これから食事？　代わるよ」

そう言いながら立ち上がったのは、上背のある、目元の穏やかなイケメンだった。口元に微笑をうかべ、動作はきびきびしているがなめらかで、がさつなところがない。どこかおっとりした大型犬みたいな印象だ。

「サンキュー！　助かるわ」

大地はさっそく、そいつの立った椅子に自分のバッグを置いて、おれを振り向いた。おれの手から荷物を受け取ると、一緒に立ったそいつのツレの席に置く。

「じゃあおれ、食券とってくる」

と、おれは大地に言った。そいつの視線が、ちらちらとこっちに向けられるのが、大地と話したがっているように見えたので。

「おれBランチ。あとプリンー」

「わかった」

おれは一人で食券売り場に向かった。

列に並んでいるとき、鼻のムズムズがぶり返してきた。今度は苦労せずにクシャミが出た。

はーすっきり、と思うひまもなく、クシャミの勢いでつぶったまぶたの裏に、四桁《けた》の数字が見えた。

おれはそれを脳裏に灼《や》きつけた。よし、これで来月は楽になるかも。

ふいに、背中をつつかれた。振り向くと、知らない女子が、前つめて、と指差していた。おれがクシャミしてる間に、列が進んでいたらしい。

「あ…、すんません」

おれは慌てて前をつめた。前かがみになった姿勢のまま固まっていたのは、変なやつだと思われたかな。

二人分の食券を買い、ベルトコンベア式にランチの皿をそろえたおれは、大地の待つ席に戻った。

席を譲ってくれたイケメンたちは、もういなかった。

「ありがとさん」

大地はBランチのトレイを受け取り、おれはその隣にDランチのトレイを置いて座った。

「さっきのやつは、友達か？」

とおれは訊《き》いてみた。

大地は早くもサラダに手をつけながらうなずいた。

「ああ。渡部《わたべ》っていうんだ。下の名前はなんていったかな」

「仲いいのか？」

「んー、まあまあ？　学籍番号が近い縁でさ。講義もいくつか重なってるし」

「ふーん」

大地はにやりとした。

「なんだ、ヤキモチ？　心配しなくても、おまえを捨てたりしないよ、ハニー」

ふざけて寄りかかってくるので、おれは邪険に押し返した。

「こきやがれ。そんなこと言ってっと、いいネタ独り占めにすんぞ」

大地はぴんと来た顔つきになる。

「お、また来たんだ？」

「まあな」

「よかったじゃん。おまえ今回、バイトの更新できなかったって言ったろ？」

「ああ。これで少ししのげるよ」

苦学生は、勉学に打ちこむにも一苦労だ。おれはランチのアジフライにタルタルソースを塗り広げた。

「よかったな」

大地は心のこもった声を聞かせた。おれは思わず隣を見た。この友人、中学校の三年間を同じクラスですごし、高校は別々だったもののなおつるみ、大学でまた一緒になった、一番ウマの合う、親友と呼んで間違いないだろう綿貫大地は、心からそう言ってくれていた。

「……おう」

ありがたくもてれくさい気分でうなずくと、大地もニカッと笑った。

「よし、今日のランチはおまえのおごりー」

「あっ、てめ、きったねえ！」

「へっへーんだ」

得意げにBランチのスパゲッティを口に運ぶ大地の前で、おれはトレイに乗ったこいつの大好物を取り上げた。

「おまえの大事なプリンは預かった。返してほしくば――」

「ああっ、お代官さま、そればかりはご勘弁を！」

何のかの言って、こいつもふざけて、空気が深刻になるのを防いでくれている。

おれは大地のそういうところに感謝しつつ、アジフライをぱくついた。


講義の合間に、おれは近所の宝くじ売り場に向かった。四桁の数字を選んでそれに賭《か》ける、『ノンバーズ４』と呼ばれる数字選択式宝くじを買うためだ。

昼、クシャミをしたとき脳裏にうかんだ数字、それに賭けるつもりでいる。

これはあまり人に言っていないのだが、実はおれには、予知と呼んでもいいんじゃないかと思うほどの勘のよさがある。何かのはずみに、ふと、「視える」のだ。それは当たりくじの番号だったり、試験問題だったり、芸能人のゴシップだったりもするのだが、それ以前にその事柄についての情報がまったくないにも関《かか》わらず、はずれたことがない。

ただ、視ようと思って視られるものではないので、やはり、『予知』などというおおげさなものではなく、『既視感《きしかん》』とか、『勘が鋭い』ていどのことなのかもしれない。

当たりくじの番号も、数字選択式の抽選番号なら自分の利益になるが、ジャンボ宝くじの一等当選番号があらかじめわかったところで、それを自分が買えるかどうかは、またべつの話だしな。

そんなわけで、今回のように数字選択式宝くじの抽選番号が視えるのは、貧乏学生には、非常にありがたいのだった。

……べつに、問題ないよな？　自分の賭けた数字をむりやり当選させてるわけじゃないし、ズルしてると指摘されればそうなのかもしれないが、実際問題、事前に視えた数字に賭けたところで、それが本当に当たってるかどうかは、抽選結果を待たないとならないわけだし、ということは、自分でコレと直感した数字に賭けるのと、全然違いはないわけだしな？

まあ、そんな言い訳めいたことは思っても、あまりドンピシャで当てると、ヘタすれば（うまくすれば？）何億という当選金がころがりこんでくる可能性もあるわけで、さすがにそれは気が咎《とが》めるというか怖気《おじけ》づくというか……なので、ちょっとはずして、小金を稼いでいるわけだが。それも、バイトの契約が続かなかったとか、急な出費で家賃の支払いが危うくなったとか、そういう緊急時だけ利用することにしているわけだが。

受託銀行に隣接した宝くじ売り場で、おれは昼休みのうちに記入しておいた申し込みカードを出した。

顔なじみのおばちゃんが笑った。

「あら、久しぶりね。どう、当たりそう？」

「どうかなー、当たるといいけど」

「当たりますように！　十回分で二千円でーす」

なぜ十回分も買うかというと、視えた数字が、すぐ次回の当選番号だとは限らないからだ。もしかすると三回先、五回先の抽選かもしれない。

一度それでパアにしたことがあったので、用心のために、一度に買える最大回数を買うことにしているのだった。

金を払うと、おばちゃんはカードを機械に読みこませ、印字されたくじをくれた。

おれはそれを財布にしまった。

さて、今度はいくらくらい当たるかな。

家賃二ヶ月分くらい出るといいな。

当選数字が確定していたとしても、このわくわくどきどき感だけは、ふつうの人と変わらないのだった。

◇
◇
◇

「竹之内」

そう知らない声で呼びかけられたのは、春休みが終わり、新年度の履修登録も済んで新しいリズムに体が慣れ始めた、四月半ばの日のことだ。

人もまばらなカフェテリアで、その声は大きくはなかったが、よく通った。おれはテーブルに広げていたノートから顔をあげた。講義の合間に、課題を片付けていたのだ。

おれを呼んだのは、大地の友達だった。年度がかわる前、学食で席を譲ってくれたことがある。名前は何といったっけか、学籍番号が近いとかいってたから……。

「渡部だよ」

ああ、そうだ。

「ここ、いいかな？」

隣を示すので、もちろん、と答えたおれは、広げていた辞書やノート類を引き寄せた。

「いつかはどうも」

と、おれは言った。新年度に入って、講義のいくつかで一緒になっているのだが、お互い友達連れになったりしていて、言葉を交わすチャンスがなかった。あのとき礼を言えなかったのが気になっていたのだ。礼と詫びは、ちゃんとしておかないと気持ちが悪い。

渡部はちょっと目をみはり、それがいつぞや学食で席を譲ったことだとわかったのか、いや、と首を振った。

「ちょうど立つところだったんだし、気にしないでいいよ」

それから、何か言いあぐねる様子で、長い指で顎《あご》をつまんでいるので、おれは話を向けてやった。

「何か話でもあるのか？」

渡部はほっとしたようにおれを見た。

「その……竹之内は、人の運命がわかるって聞いたけど」

「はあ？」

おれは眉《まゆ》を寄せた。

「なんだ、それ。どっから出た話だ？」

ごまかそうとかしらを切ろうとかいうのでなしに、心の底からそう訊ねた。

渡部はじっとおれを見つめている。

「中岡《なかおか》から。彼の下宿の近所で火事があったのを、きみがその日予言したって」

「ちょっと待て――」

中岡という友人は確かにいる。そいつの近所で火事があったのも事実だ。

しかしおれは、それを「予言した」わけではない。これは断言できる。

正確な事情はこうだ。

「お互い帰るってときに、『火の元に気をつけろよ』って声をかけただけだろ。べつに予言したわけでも、もちろんおれが火をつけたわけでもねーよ」

「でも火事はあった」

「……そうらしいな」

「中岡はこう話してたよ。きみに注意されて、『ガキじゃあるまいに』と笑ったけど、きみは重ねて、『放火ってこともあるだろ』と冗談ぽく言ったと。彼はそれをちょっと気にしてて、夜中、何の気なしに窓の外を見てみたら、二軒隣の家から煙があがってたと」

その顛末《てんまつ》は、おれも聞いていた。通報が早かったのが幸いして、中岡のアパートは被害をまぬがれたそうだ。

おれは沈黙した。うかつなことは言えなかった。

――確かに、おれは視たのだった。

一週間前のこと、オリエンテーションを受けていたおれたちは、それがひけてから少し立ち話をした。大したことじゃなかった、内容はもう覚えていない。そして、じゃあな、と言って別れようとしたとき、ふいに、中岡に火のイメージがかぶった。

背中のうぶ毛がそそけ立つような感触があった。だから注意したのだ。火の元に気をつけろ、と。

しかし、それをかるがるしく吹聴《ふいちょう》するつもりなどさらさらない。こんないい加減な、気が向いたときしか出ない、むしろ気が向いたときだって出ないような予知、予見を、あてにされたりしたら困る。

第一、おれが何か視ることで他人の運命を背負いこむなんて、まっぴらだ。

「きみは、知ることができるんだろう？」

そう——今のこいつのように、興味本位で知りたがるやつはどこにでもいる。その挙句、視えたり視えなかったりすることに、期待はずれだとなじるやつも。

おれは肩をすくめた。

「『火の元に気をつけろ』くらい、誰《だれ》にだって言えるだろ。おれの場合は、たまたま中岡の近所で火事があったから、あたかもおれが予知したようにおまえには受け取れたってだけだ」

「……そうかもしれない」

認めたくないらしいやつに、おれはあえて断言した。

「そうとしか言わねえ」

おれたちはしばし睨《にら》み合った。

先に目をそらしたのは、渡部のほうだ。

「今日のところはあきらめる」

「ずっとあきらめてろよ」

渡部は聞こえないふりで立ち上がった。

「もし気が向いたら、教えてくれないか。……おれの寿命がどれくらいか、知りたいんだ」

おれは眉を上げた。今年中に彼女ができそうか、とか、金持ちになれるか、とかを訊いてきたやつはいたが、寿命が知りたい、とは、ずいぶんヘビーな内容だ。

ふつう、おれたちくらいの年頃《としごろ》の人間は、自分がどれくらい生きられるかなんてことを考えもしないものだろう？　今日が終われば明日は間違いなく来るし、じじばばになるまで長生きすると思いこんでる——何の根拠もなく。

持病でも持ってればべつだが、見たところ渡部は、いたって健康そうだ。背はおれより高いし、全体的な作りも、すらっとしてバランスがいい。筋骨隆々というわけではないが、だからといって、即、寿命に関わるような病気をしているようには見えない。

しかし、興味を動かされたのはそこまでだった。人の寿命など、おいそれと視られるものではない——が。

「じゃあ」

とテーブルを離れてゆく背中を、おれは呼びとめた。

「渡部」

「なに？」

「……火の元に気をつけろよ」

するとやつは、ちょっと眉を寄せた。皮肉られたと思ったのかもしれない。その通りなのだが。

おれは、やつがカフェテリアを出てゆくのを見届けて、テキストに向き直った。

その翌日のことだ。教室で顔を合わせた大地に、おれは訊いてみた。

「なあ、渡部って、どっか悪かったりするか？」

大地はきょとんとしている。

「渡部？　いや、聞いたことないなあ。ごらんの通り、顔もボディもいいし、頭も優秀だよ。身長百八十二センチだって……十センチくらい分けろっての」

ふくれているのは、大地はぎりぎり百七十あるかどうかというところだからだ。ちなみにおれは百七十五センチで、これまでに、とりたてて背が低いとは思ったこともないが、渡部と並べば、視線の位置と向きが違うのは明らかだ。

「なんだよ、急に？　なんかあったか？」

「いや……」

おれは口をにごした。

「なんだよ、気になるじゃんか」

大地は肩をぶつけてくる。

「あ、そういや、おまえ、あいつに何か言ったか？」

「あいつって？　渡部？　何を？」

「おれのこと、勘が鋭いとか、なんとか」

大地は首を振った。

「いいや。……ああ、あれだろ、中岡がツレと盛り上がってたことはあったよ。例の火事の一件でさ」

「ああ……」

「そこに渡部もいたから、そこで聞いたんじゃないか。おれからはそれっぽいことは言ってない。おまえがいやがるの知ってるもん」

「そうだよな」

おれの能力は中学のころから知ってる大地は、おれ自身ではそれをコントロールできないことも、それでも知りたがるクラスメイトたちの反応も、それをおれが嫌っていることも、みんな知っていた。

人によかれと思ってした予知にからむ助言も、あまり的確に言い当てると——今日学校帰りにどこそこの石段で転んで怪我《けが》をするから気をつけろ、とか——やはり気味悪がるやつもいる。

中学のときは、それでずいぶん傷ついたり悩んだりしたのだ。

大地はそれを見ていて、愚痴や悩みを聞いてくれたり、慰めてくれたりした。おれの能力そのものについては、ユニークな捉《とら》え方をしていた。

曰《いわ》く、

「方程式だって、一度の説明でぱっと呑《の》みこめるやつと、なかなかわからないやつといるじゃん。で、呑みこめるやつってのは、やっぱり方程式の才能があるんじゃん。でもわからないやつからしたら、なんであんなのがわかるのかすらわからないじゃん。おれはそういうもんだと思う」

そうして、周囲をうまくあしらう方法を、一緒になって考えてくれた。

予知については、「勘がいい」ていどにとどめるため、ありのまま正確無比には告げないこと、と決めたのは、そのときだ。

おれだって気味悪がられていい気分はしないので、どうしてもというときは、今回の中岡のように、ぼかしつつ言ってやる、それくらいでいいのだと思う。信じるのも勝手、信じないのも勝手、だ。それまで背負っていたら、おれの身がもたない。

大地は頬杖《ほおづえ》をついておれを見ている。

「何かあったのか？」

「それがさ……」

吐き出したい気分で話しかけたとき、教授が入ってきた。

「あとで話す」

おれはノートを広げ、大地もうなずいた。

「で、渡部がどうしたって？」

講義が終わった昼休み。たまたま次の時間があいていたおれたちは、弁当を買って、北《きた》の丸《まる》公園で食べることにした。桜は終わったが、八重桜と花蘇芳《はなずおう》があちこちで咲いていて、のどかな景色だ。

ベンチのひとつに腰を据え、コンビニで調達した弁当を広げているとと、あたためてもらったチキンカツカレーを口に運びながら、大地が水を向けてきた。

「それがさ……」

おれは、幕の内の玉子焼きをつまみかけていた手をとめ、話し始めた。

昨日、カフェテリアで話しかけられたこと。中岡の一件から、おれに予言の力があるのではと考えたらしいこと。自分の寿命を知りたいと言ってきたこと。

「寿命、ねえ……」

大地もスプーンをくわえて思案顔だ。

おれは試しに訊いてみた。

「おまえ、自分の寿命なんて知りたいと思う？」

大地は即答した。

「思わない」

「だよなあ」

「そんなの楽しみがなくなるじゃん」

いつ死ぬかわからないのが楽しみだ、という考え方はユニークだが、それも一理ある。

死がそこにあるとあらかじめわかってしまったら、緊張感がなくなりそうだ。ずっと先にあるなら、まだ急がなくても大丈夫、と日々の生活をなおざりにしそうだし、思いがけず近くにあったら、もう何をしても間に合わない、と、これまた投げやりに日を送ってしまうかもしれない。

渡部は、何を考えて、そんなことを知りたがったんだろう。寿命を知って、いったいどうしようというのか。

「渡部ってどんな人間だ？」

おれの疑問に、大地は、んー、と首をかしげた。

「イケメンで、頭がよくて、背も高い。無駄に百八十二センチもあるんだぜ」

「それもう聞いた」

見てもわかるのだが、大地はどうしてもあの身長が妬《ねた》ましいらしい。が、言うほどには憎いわけではなく、そのあとに続けられた評価は、おおむね好意的だった。

「育ちがいいのか、言葉遣いが柔らかくてむずがゆいし、天然なところもあるけど、人となりにいやみがなくて、いいやつだよ。価値観もまっとうだしな」

「ふうん」

「悪いやつじゃない、これは確かだ。人のいやがることはしない——少なくとも、人をイジったりくさしたりするのは、おれは見たことがない。……何か事情があるのかもよ」

と大地はいい、おまえにとってはムカつくかもしれないけど、と言い添えた。

おれは鼻を鳴らし、玉子焼きを口に放《ほう》りこんだ。その事情とやらに、おれが巻きこまれてやる義理はない。大体、自分の寿命を知ることがどういう意味を持つのか、わかってるのか、あいつは。

腹が立ちそうだったので、おれは頭を切り替えることにした。食事は楽しくとるものだ。いらいらしながらでは消化に悪い。

「チキンカツ一切れー」

大地の昼飯に箸《はし》を伸ばすと、大地もおれの弁当をのぞきこみ、

「タケノコひとつもらいー」

とスプーンで指した。

物々交換をして、おれたちは気分のいいランチを堪能《たんのう》した。

おれのほうは、ちょっとわざとらしい気がしなくもなかったが。

「竹之内」

すっかり聞き慣れてしまった声がおれを呼び、おれはためいきをつきつつ振り向いた。

穏やかな笑みをうかべたイケメンが、そこに立っていた。

「……何の用だ？」

おれはわざと用件を訊いた。答えなどわかっているのだが——それ以外の用など、やつは持ってこ

ないのだが。

「例の話だよ」

と、あきらめの悪い渡部は、それでも「予知」などと往来でぶしつけに口にするつもりはないのか、そんな言い方をする。

あれ以来、渡部は顔を合わせるたびにその話を蒸し返し、理詰めで迫ってきたので、おれはしぶしぶ――ほんとにしぶしぶだが――「何かの予感が働くことがある」ことを認めさせられていた。タイミングも悪かったのだ、大地に、その週にゲットした宝くじの当選金額を報告していたのを、聞かれたりして。

「その後、心境の変化はあった？」

「ねーよ」

「どうしても？」

食い下がるので、おれはいらいらしながら答えた。

「あのなあ、どうしても知りたきゃ、医者に行きゃいいだろ。最近あるじゃないか、遺伝子検査」

テレビで見たことがある。そういう技術の進んだ韓国では、遺伝子から寿命を割り出すことも盛んだそうだ。おれなんかは、何を好きこのんで、と思うが。

しかし渡部はかぶりを振った。

「身体的な寿命は意味がないよ、体は長生きできても、事故で……ってことがあるからね。それを含めて、視てほしいんだけど」

おれはいらだった。だから、自分で視ようと思って視られるものじゃないと、何度言ったらわかるのか、このオタンコナスは。

「望んでほいほい視られるもんなら、宝くじと万馬券と当てまくって、今ごろ億万長者だ」

いや、実は、宝くじなら実現していなくもなかったのだが――しかしここでそんなことを言おうものなら、そらやっぱり、と相手を勢いづかせるだけなので、黙っておく。

「よその占い師でもあたれよ」

話はこれで終わり、と言わんばかりに離れようとすると、腕をとられた。

「まあ待ってよ、望んで視られるわけじゃないと言ったね？　これまでの体験的に、どういうときに視たことが多い？」

渡部はあきらめずに食い下がってくる。口元は笑っているがまなざしが真剣で、おれはふと、その色あいに、もしかすると切実な問題があるのかもしれないと思った。

まずいまずい、とちょっと気を引き締める。こういう、すがるような眼を向けられるのが一番困る。ほだされそうになるから。

しかし、警戒は数秒、間に合わなかった。おれの口は、つきあいよくつるりと答えていた。

「クシャミしたときとか、耳かきしてるときとか、いろいろだよ」

「他《ほか》には？　その『いろいろ』の内容を教えてよ」

「あとは……えーと……？」

おれは記憶をかきまわした。

そもそも、予知が発動するタイミングなぞ、統計をとったことがない。発動するのはいつも唐突で、発動してから、あー、来た、と気がつくのであって、来そうだ、とか、来るぞ、という心構えができたためしはない。

それでも辛抱強く待っている渡部の手前、なんとか最近の事例を思い出そうとしていると、途端にひらめいた。

「あ、なかなか思い出せなかったことを思い出したと同時にってのも——あった——」

そう言っている最中だ。目の前で視界が遮断されたと思ったら、映画か何かのフィルムが一瞬だけ映写されるようなものを見た。それは貼《は》り紙のかたちをとっていた。『休講のお知らせ』と書かれ、教授の名前と講義名、日付けが読めた。それはあさっての午後イチのコマ、おれも受ける講義だった。

今朝、掲示板の前を通ったときにはなかった貼り紙だ。ということは。

「……竹之内？」

怪訝《けげん》そうな渡部に呼びかけられて、我に返る。

やっぱり、予知だ。「なかなか思い出せなかったことを思い出した」、まさに今の状況だった。そういうときにも出るのか。

「何か視えた？」

渡部は真剣な面持ちで訊《たず》ねてくる。おれはしぶしぶ答えた。

「休講のお知らせだ。教務課の掲示板の」

渡部はちょっと考えると、おれの腕をとって歩き出した。

「おい、なんだよ！」

「確かめてみよう。内容は？」

「あさって三限、篠崎《しのざき》さんの漢文――」

「おれがさっき通ったときにはなかった」

その断固たる口ぶりに、おれは逃げ出したくなった。

もしそれが事実なら、渡部の中で、おれが予知能力を持っていることは確定して、いっそう強く要求されるだろう。それは困る。

今日はたまたま発動したが、いつも出るわけではない。クシャミをしても、何か急に思い出しても、何も視えないことはある――むしろ、何か見えるときのほうがまれなのだ。

そう訴えても、渡部の手の力は緩まなかった。おれは屠殺場《とさつ》に引き出されてゆく羊の心境だった。

ついに、本館一階の掲示板前に来た。

まばらに貼られた、学内イベントや休講や教務課のアルバイト募集などのお知らせを、じっと見据えて動かない渡部の陰から、おれもおそるおそるのぞいてみた。

が。

おれはほっとした。篠崎教授の休講を伝える貼り紙は、そこにはなかった。

「はずれたな」

おれはいっそせいせいと言った。

「だから言ったろ、ちょっと勘がいいったって、はずれることもあるんだ。まして人の寿命なんて――」

言い終わらないうちに、せかせかと近付いてくる人があるのに気付く。メガネをかけた中年の女性職員だった。その手に持っている用紙は、まさか。

まさか。

「ちょっとごめんなさいね」

前に立つおれたちに声をかけてさがらせると、彼女は、持っていたA4紙を、掲示板の空きスペースに画鋲《がびょう》でとめた。

『休講のお知らせ』と大きなフォントでプリントされたそれは――あさっての三限、篠崎教授の漢文の休講を知らせるものだった。

職員は、仕事を終えるとすぐに立ち去った。教務課の掲示板は別館にもある、そこにも貼るのだろう。

おれたちだけがそこに残っている。

そっと窺《うかが》った渡部の顔つきは、真剣だった。眉を寄せ、唇を引き結び、にわかには信じがたいと感じているようだ——あるいは、あらためて予知というもののもたらす結果に恐れをなしたのかもしれない。もし、おれが渡部の寿命がどれくらいかを視たとして、それが長いとしても短いとしても、実現してしまうということなのだ。予知とはつまり、そういうことだ。

おれは、まだ腕をつかんだままの渡部の手を、静かにはずした。

「……悪い。次の講義、始まるから」

勝手に期待したくせに、いざとなったら怖気づくのか、覚悟が足らん、と、おれは腹を立ててもいいはずだったが、実際ちょっとはそう思ったのだが、長続きしなかった。渡部の表情に、おれのほうが悪いことをした気になって、足早にそこを離れた。

渡部はどうして、自分の寿命なんか知りたがったんだろう。あの表情からすると、興味本位で知りたがったわけじゃないんだろう。何か切実な問題があったのか。そんなことが、講義の間じゅうずっと、気になっていた。


その数日後だ。講義の谷間を利用して、混雑を避けた学食で遅い昼食をすませたおれは、廊下でばったりと渡部に出くわした。

「あ…と」

「竹之内」

渡部は、瞬間、おれを探していたような、おれにすまないような表情をした。

「この前は、ごめん。心の準備ができてなくて……覚悟が足りなかった」

そうして頭を下げるので、おれは気にしていないと言った。

「あんまり言いふらさないでくれりゃいいよ。単なる勘でも、やっぱり気味悪く思うやつもいるしな」

「気味悪いとか、そんなんじゃなくて――」

渡部は殊勝な顔つきで、ちらと腕時計に目をやった。

「竹之内、次の講義は？」

「ない。五限まで空きだ」

「じゃあ、ちょっとつきあってもらえるかな」

「あん？」

何のこっちゃと思う間もなく、渡部はおれの腕をとって歩き出した。

関係ないけど、こいつ、人の腕をつかんで歩くのに抵抗ないのかな。腕っていうか、肘《ひじ》のあたりをうしろからつかむと「強制連行」みたいな趣きだけど、こいつの場合、手首に近いところ、長袖《ながそで》シャツの袖口のあたりをつかむんだ、この前もそうだった。もうちょっと位置がずれたら、おてつないで…の状態だ。

おててつないで？

おれは、自分の発想に頭痛を覚えた。何が悲しくて、男とおててつながなきゃならないんだ？

そんなことを考えるうちに、おれたちは校舎の裏手に来ていた。

「ここなら人に聞かれないから」

渡部はそう言って、手を放した。

「何か話があるのか？」

「考えたんだ」

渡部は真面目《まじめ》な顔をしている。

おれはちょっと気圧された。

「……おう」

「その……予知、みたいなものが見える状況は、まちまちだと言ったろう？　クシャミをしたときとか、耳かきをしてるときとか、思い出せなかったことをやっと思い出したときとか……」

「……言ったな」

「そういう状態を分析してみると、脳内麻薬が出てるときだと思うんだ」

「脳内麻薬——」

おれは眉を寄せた。そんなに大仰なことか？

渡部はいたって真剣だ。

「もちろん、おれにだって、その脳内麻薬が予知とどう関わるかはわからないけど」

「だろうな」

自分にだってわからないものが、他人にわかられてたまるか、という思いもある。

「つまり、そういうときって、『ああ気持ちいい、スッキリした』って感情が働いてるんだと思うんだ」

「ほう」

言われてみりゃそうかも。それは気付かなかった。新しい切り口だ。

「だから、竹之内は自分で見ようと思って見られるわけじゃないって言ってるけど、きっかけとか条件がわかれば、自分自身でコントロールできると思うんだ」

おれは腕を組み、うむむと唸《うな》った。

「なるほどな」

それは暗闇《くらやみ》に射しこんだ一筋の光明だった。いや、べつに、発動しなければしないで、困りはしないのだけれど。懐具合さえどうにかなれば。

しかし、実験してみる価値はありそうだ。何より、自分でコントロールできるかもしれないというのがありがたい。クシャミのはずみに見えたら御の字、という状態から、自分で強制的に発動させることができるかもしれないのだ。家賃を払い、次のバイト料を手にするまでの数日間を、中味の乏しい財布を握りしめてびくびくしながらすごさなくていいとは、夢のような話だ。

そうとなったら、おれ自身も、試してみたくなる。

クシャミは、鼻炎持ちでもなければまだるっこしいし、一番簡単そうなのは、耳かきか？

「わかった。じゃあ今度、家でやってみるよ。じゃあな」

手を振って戻ろうとしたおれは、またも腕をつかまれ、引き戻された。

「なんだ？　まだ続き？」

渡部の、ちょっと緊張したような顔が、おれに向けられている。その口元がわずかにゆるんだ。何か言いにくそうな、てれくさそうな顔つきだ。

「……なに？」

「実験してみないか？」

「どうやって？」

耳かきなんて持ち歩いていないが。まさか、古典的にこよりを鼻の穴に入れようとか？

「要は、脳内麻薬、だよね。快感物質が出るようなことをすればいいわけだ。スッキリした、とか、気持ちいい、とか」

「おまえの仮説に従えばな」

渡部は何が言いたいんだろう。おれは首をひねった。

「甘いものや、ちょっと脂っこいもの、高カロリーのものを食べたりしても出るらしいけど」

「へえ！」

それを聞いて脳裏にひらめいたのは、プリンをぱくつく大地の顔だ。あの幸せそうな様子は、なるほど、脳内麻薬のせいか。

とすると、おれにとっては何かな……。あれこれ好物を思い浮かべてみるが、あそこまで幸せオーラを出せるかどうかというと、ちょっと微妙だ。

「長距離ランナーが、苦しい段階を乗り越えたところで楽しくなる、いわゆる『ランナーズ・ハイ』というのもその状態だけど――」

長距離か……どっちかというと短期決戦型だから、短距離ならともかく、あんまり好きじゃないなあ。

「今ここで試せる、簡単な方法がある」

それを早く言えよ。

「何だ？」

渡部は声を低め、顔を近付けてきて、ささやくように答えた。

曰く、性的快感――。

「……アホか！」

おれはわめいた。

「おまえバカだろ！　よくそんなアホなこと考えついたな！」

「待てよ、試してみる価値はあるだろう？　ほんとにこの方法がアホかどうかは、実験しないと確かめられないじゃないか」

「その必要性を認めないね」

今度こそつきあっていられず、渡部の脇《わき》をすり抜けようとした。

が。

「何すんだよ……！」

おれは思わずかみついた。渡部がおれの両腕をつかみ、壁に押しつけたので。

「試してみないか？」

渡部の、思わせぶりに低めた声が、鼓膜をくすぐった。唇が耳にふれるほど近い。

「試してみねーよ。放せっての」

もがいた脚の間に、渡部の膝《ひざ》が割り入ってきた。その腿《もも》に下腹部を圧迫され、おれはぎょっとした。

「おい、マジか!?」

おれはあせった。こら、押しつけるな、すり寄せるな、くそう。

渡部は、面憎いことに、平然としている。

「マジだよ。言ったろう、どうしても知らなきゃいけないんだ。試してすむことなら、喜んで試すよ」

「喜んでって……」

おれのソコを圧迫する膝に、力がこめられた。下手をすればつぶされそうで、おれは背筋がひやりとした。やばい、こいつ、本気だ。

一瞬、体がすくんだ。

「竹之内……」

「ちょっと、待て。待てってば」

おれはもがいた。ひとまず、落ち着くのが先だ、やつも、おれも。

「待てっての！　なあ、話せばわかる」

そう言ううちにも、やつの手はおれの下腹に伸ばされた。

よせばいいのに、おれはその現場を目にしてしまって、頭に一気に血がのぼった。

長い指を備えたてのひらが、ジーンズの上から、それを包みこんでいる。おれの眼《め》から見てもカッコイイその手が、ゆっくりと、じんわりと、それをさする。

「ちょっと、待て……っ」

そんな気分になってる場合じゃないのに、露骨な刺激に正直な――単に節操がないのか？――ソコが、眠りから覚め始めるのがわかる。

だめだ、目が離せない。渡部の指はそのふくらみにぴったりと添わされ、やさしくあやすように上下している。充実を見せつつあるそれが、指の間から存在を主張し出す。

硬いジーンズの前立てにはばまれ、それ以上かたちを変えられずにいると、やつがそっとささやいてきた。

「竹之内……きつい？」

おれは顔から火が出るかと思った。言うに事欠いて、何てこと訊きやがるんだ、こいつは！

しかしおれは、思ったことの十分の一も、口にすることはできなかった。とりあえず何か言わなくては、と息を吸っている間に、やつのふらちな手がジーンズのボタンをはずし、ファスナーをおろし、トランクスの中からきゅうくつそうにしているそれを取り出してしまったので。

おれは血圧が急上昇して死ぬんじゃなかろうかと思った。なんでこんなところで、ちょっとばかしイケメンだとは言え、同性に、そんなまねをされなくてはならないのか。

だが、幸か不幸か、おれの全身の血液は、頭にのぼるよりは、今やつの手の中にある部分のほうに集まっている。

「はなせよっ……」

「今放したら、竹之内のほうが困るだろう。おれに見られながら自分でする？」

「……ヘンタイ！」

大体、自分で処理するからって、何で「こいつの目の前で」という条件がつくのか。トイレに行くに決まってんだろ！

「いいよ……してあげるから」

なのにこのヘンタイは、甘い声でそう言って——不覚にも腰にキた——完全にたちあがったものを握った。

「ふ……っ」

おれはきつく目をつぶり、歯を食いしばった。男のいいところを知り尽くした手に、大きく、また小さく、快感を掘り起こされる。自分でするときとは、指の当たりかたや力加減が違ったりするのが、他人にさわられているのだということを思い知らせて、かえって倒錯的な快感になるということを初めて知った。……知りたくもなかったが。

根本から先端へしごかれ、また根本まで戻るのを何度も繰り返され、はたまた、先端のまるみもいじりまわされた。いつのまにか手指の動きはなめらかになって、何かのはずみに、水っぽい音も聞こえた。

男の生理とはいえ、ぬらしていると気がついて、また耳たぶまで熱くなる。

「よせ…、……っ」

「こんなにしてるのに」

「だからってっ……！」

おれはやつの胸倉をつかんだ。が、なさけないことに、どうにもしがみついたようにしか見えなかった。押しのけるだけの力も入らない。ああもう、なんてこった！

「感じてる、竹之内？」

「……！」

だから、そういうこと言うなって言ってんだろ！　言葉ぜめか。羞恥《しゅうち》プレイか？　おまえはサドか

――当然のことに、それらの罵倒《ばとう》も、声にはならない。

言いたいことは山ほどあるが、ひとまず、この乱れまくった呼吸でもつきつけられる長さの要求を、

やつにつきつけた。

「それ以上、言ったら……ぶっ殺す……っ」

「………」

渡部はちょっと肩をすくめた。

その代わり、口にまわすエネルギーまで手に注ぎこんだという風情で、ますます力をこめていじり始めた。

……墓穴を掘った、んだろうか。「それ以上やったらぶっ殺す」のほうが効果的だったのかも。おれのバカ。

そうこうするうちにも、やつの手は容赦なくおれを追いこんでゆく。おれは何とかこらえていたが、それにも限界はあった。

しかたないだろ、こちとら、若くてぴちぴちの男だ。こんないやらしいさわりかたをされて、イかずにすむわけがない。

「──っ」

ついに、それが来た。きつくつぶったまぶたの裏が真っ白になり、もちろん頭も真っ白になり、世界からあらゆる音と言葉が飛んで、こめかみから引いた血が、すべてソコからほとばしるような感覚だった。

と、その真っ白い世界に、映像が見えた。新聞に掲載された小さな記事とおぼしきそれには、二桁の数字が五個、その下に少し離れて一個、並んでいた。数字選択式宝くじの、当たり数字だ。願ってもない予知だったが、それを全部覚えきることはできなかった。強すぎる快感に、頭の人部分が持っていかれている。

「は…あ……っ」

思わず、渡部のてのひらにこすりつけるようにして、最後の一滴まで打ち出していた。まだびくびくと脈打つような感じがあるのは、心臓がもう一個できたようだ。

おれは渡部のシャツをきつくつかみ寄せ、その肩に顔を伏せて、表情を見られまいとした。きっと、これ以上ないくらいとろけてゆるんだ、恥ずかしいカオしてる。見られただけでも、死ぬ。

自分の速い息遣いが、自分の耳に戻ってきた。ずいぶんぜいぜいいってる……慣れないやつがマラソンしたときみたいだ。

飛んでいた手足の感覚が、ゆっくりと戻ってきた。おれはまだ渡部の肩に額を押しつけていたが、やつの手が――もちろんソレを握ってるのでないほうの手だ――ゆるゆるとおれの後頭部をまさぐっている。なでられている……愛撫《あいぶ》みたいに。

その感触が、とても心地よかった。

こいつは、恋人を、こんなふうになでるのか……。

そう考えると、見たこともない、そしているのかも知らない、渡部の恋人に、嫉妬《しっと》を覚えた。

嫉妬?

嫉妬、だって？

おれは途端に我に返った。渡部が誰とつきあおうと、誰をこんなふうになでようと、おれが嫉妬しなきゃならない理由はない。おれは一体、何をとち狂ってるんだ？

慌てて離れようとしてやつの胸を押し返すと、おれの腕に力が入らない上に、やつの腕が力を増して抱き寄せたので、結局、より深く抱きすくめられることになった。

なんだかなあ……。

おれはぼんやりとなすがままだった。達したあとというのは、どうしても脱力する。はたから見れば、おれたちの今の状態は、男同士で抱き合っているという異様な光景なはずなのだが。

それでも、すぐ脱《ぬ》け出すには、ちょっともったいないような気持ちもあった。渡部のふところは、あたたかい。

おれの呼吸がようやく落ち着いたころ、渡部がそっと腕の力をゆるめた。

おれは、まだぼんやりとやつの顔を見つめた。

渡部の、ちょっと色の薄い目と視線がぶつかった。

と。

キスされる、と、反射的にそう感じた。かといって逃げられもせず、おれはなすすべもなく、ゆっくりと近付いてくるハンサムな顔を見ていた。彼我の距離が十センチを切ったところで、たまらずに視線を伏せ――しかし、覚悟していた接触はなかった。渡部の鼻先はおれの頬をかすめ、えっ、と思ったときには、ぐいと体を離されていた。

思わず見上げたやつは、顔をそむけていた。

「ごめん」

そう呟《つぶや》くのが聞こえた。

渡部はおれの腕を放すと、足早に立ち去った。呆然としたおれと、すでに力を失ったソレを、この場に置き去りにして。

「……うそだろ」

おれは呟いた。

いじるだけいじってあとは放置とは、いったいどういう了見だ、と思いっきりなじり、また罵《のの》ろうにも、当の相手がいないのではしかたない。

さわやかな風にむきだしの下腹部をなでられ、おれはなさけない気分になりながら、それをしまった。

◇
◇
◇

あんなに勝手なやつは初めて見た、と憤ったり、目を伏せてごめんと謝った——何に対してかは知らないが——顔つきに、こっちのほうが悪いことをした気になったり。渡部のことを考えるたび、そのふたつがぐるぐる回って、おれは忙しかった。

だいたい、同性にあそこをいじられるなんて、それだけでも屈辱的な話だ。うっかり気持ちよくなったとしても、だから文句をつける筋合いではないなんぞと言われたくない。

講義はいくつか重なっていたため、お礼参りに声をかけようとしたこともある。が、やつはおれと視線を合わせないようにして離れてゆくのが常だった。コラ待て、詫びのひとつもなしか、とクダを巻くには、渡部の背中はいやにしおれていた。

おれが気になっているのは、そのやつの表情なのだった。あの整った顔にうかんでいたのは、後悔、慚愧……そういう色あいだった。謝るくらいならするな、と切って捨てるのは簡単だが、やつ自身も、そこまでするつもりはなかった、と言いたげだ。

おれがいまいち厳しい態度になりきれないのは、やつのその様子が、おれの記憶の一番弱くて柔らかい部分にひっかかるからだろう。……捨て犬に似ているのだ。

小学生のころ、学校からの帰り道で、友達と捨て犬を見つけたことがある。鼻先の黒い、耳のたれた、かわいいやつだ。誰のうちでも飼えなかったが、飼い主を見つけるまでだからと親を拝み倒して、十日ばかり世話をしていたことがある。

渡部は、あのときの犬ころを連想させる。世界中におれしか頼る人間がいなかった捨て犬の、ひたむきな眼。

自分がいなければ死んでしまう、という命に、自分という存在を頭から信頼されるのは、ある意味恐ろしいことだ。そいつのために、何でもしてやろうという気になるから。

そこで疑念も湧いてくる。

もし渡部のしおれた態度が、おれの同情を引こうとして演じているのだとしたら？

おれは低く唸る。

「ぜってー殺す」

そして思考はふりだしに戻るのだ。

そんな五月の、風のさわやかな日曜。

おれはその日、独りで上野《うえの》に来ていた。トーハクこと東京国立博物館で、開催中の女流日本画家の美術展を観《み》ようと思い立ったのだ。

おれ自身はその日本画家を――作品も含めて――あまり知らなかったが、美術史の講義で、教授が熱く語っていたのに興味を惹《ひ》かれた。コレがたまらず好きだー、ということを隠さない人の話は、聴いていて楽しい。

ＪＲの改札を出ると、そこは上野公園――正式には上野恩賜公園という、文化施設のデパートみたいな区域だ。広大な敷地内に、東京文化会館、上野の森美術館、国立西洋美術館、国立科学博物館、東京都美術館、そして東京国立博物館がある。

緑も多くて、昨日の雨に潤って、新緑がきらきらしている。

そう、ハトも多い。

人をこわがらず、人の足を避けながら、そこらを我が物顔で闊歩《かっぽ》するハトの群れに、おれはずかずか踏みこんだ。ちょっとしたいたずらなのだが、ハトには迷惑だろうな。

しかし、今日はハトに負けず劣らず、人も多く行き交っていた。子供連れが多いのは、上野動物園のパンダ目当てか？　ゴールデンウィークならずとも、こんなに混むものなんだな。恐るべしパンダ。

こんなに見物客がいるんじゃ、檻《おり》の中のパンダなんてろくに見えやしないだろうに、肩車してでも垣間《かいま》見ようというのか、今から父親の肩に乗せられている子供もいる。

小さい手でパパの額にしっかりつかまっている様子がかわいい。おれはほほえましくなった。

と、そんな人波を逆行してくる人々の中に、おれは見知った顔を見つけた。

……見つけてしまった、と言うべきか。べつに注意して見ていたわけではない、そこらの人々から頭半分抜きん出ている長身が目についたのだ。

「……竹之内」

相手もおれに気付いた。普段穏やかにすました顔が、ちょっと驚いたように目をみはっている。渡部だ。

「……おう」

おれは口の中でくぐもった声を出した。奇遇を喜べるほど親しい仲ではない――というか、つい最近のよくない記憶がよみがえって、本当ならすねを蹴《け》り上げて悪態をつきたいくらいだ。

そうしなかったのは、ひとえに、渡部が二人連れだったことによる。

「お友達？」

と、おっとりした声で渡部に訊ねたのは、目元のあたりが隣の男と似た感じの、小柄な女の人だった。年のころは五十代……といったところかな。

渡部はその人に向けてすぐに笑みをうかべたが、おれにはそれが、どこかとってつけたように見えた。こいつも最近のよくない記憶がよみがえったのだろうか。

ふざけんな、被害者はおれだぞ。静かな怒りをこめてやつを見返すと、渡部はちらとおれを見た視線を、すっとそらせた。

「そう、大学の。竹之内郁磨」

「まあ、そう。はじめまして、克彦《かつひこ》の母です。いつも克彦がお世話になって」

「いーえ、こちらこそ」

顔つきだけはにこやかに、それでいてやつにはわかるように、言葉つきにトゲをこめてやる。

視界の端で、渡部がそっぽを向いて鼻の頭を掻《か》いたのが映った。

渡部のお母さんは、にこにこしている。

「竹之内さんも、美術館を見学に？」

「はい。美術館ていうか、国立博物館ですけど」

「上村松園展《うえむらしょうえん》？」

と渡部息子が声をあげた。

「なんだ、おまえもか？」

「おれたちは今観てきたところだよ。すごい混雑して、入場制限がかかってるよ」

「うわ、マジか」

この人ごみは、パンダだけが目当てではなかったらしい。しまった、朝イチで来るべきだった。

「待ってれば入れるけど、相当辛抱強くないと、絵もなかなか観られないと思う」

渡部息子はそう言い、渡部母もうべなった。

「この子は人さまの頭越しに観られるけれど、わたしじゃちょっと観づらくて」

「そうですか……」

しかたない、予定変更だ。確か、科学博物館で恐竜展をやっていたはず。

そのとき、渡部母が、何かひらめいたといった表情になった。

「そうだ、克彦、図録を見せてあげたらいいわ。実物には及ばないでしょうけど、少しは慰めにならないかしら」

「ああ、そうだね」

渡部息子は、手に提げていた簡素なビニールバッグ――ミュージアムショップでカタログを入れてくれるやつだ――を持ち上げた。

「お母さん一人で帰るから、そこらへんの喫茶店でも入って、ゆっくりしてらっしゃいよ。それとも、竹之内さん、よけいなおせっかいかしら」

「いいえ、そんなことないですけど、いいんですか。お母さん、せっかく渡部くんとデートだったんじゃ」

渡部母はおかしそうに笑った。

「まあ、デートなんて、いやね。松園は観たしお昼も食べたし、もう気はすんだから」

「そうですか……」

正直なところ、こいつと二人というのは、まだ気まずいというか、尻の据わりが悪いというか。誤解しないでもらおう、またあんなことされるかも、とビビってるわけではない。こないだは油断しただけだ、今度は返り討ちにしてくれる、と、それだけの気概はある。

……いや、進んで返り討ちにしたい、わけではは、もちろん、ないのだけど。

おれはどぎまぎした。何を動揺してるんだ、落ち着け、おれ。

そんな複雑な思いも知らぬげに、渡部母は、それじゃあ、と挨拶した。

「竹之内さん、これからも克彦と仲よくしてやってね」

「は――」

おれは面食らった。小学生だってならともかく、ふつう、成人した息子の友達に、そんなことを頼むものだろうか。それとも、世間一般ではそれが当たり前なのだろうか？

「母さん、そんなこと言わなくていいよ」

当の息子が気恥ずかしそうにしているということは、おれの感覚がおかしいわけじゃないよな。

「だってお母さん心配で」

そんな様子を見ると、心配性、もしくは過保護なお母さんらしい。

「わかってるってば」

渡部息子は渡部母の肩に手を添えて、駅のほうに送り出した。

「帰るときまた電話するよ」

「そうしてちょうだい。……気をつけてね」

「わかってる」

「じゃあ竹之内さん、失礼します」

おれはことさらに明るい声で挨拶した。

「失礼しまっす！　お気をつけて！」

その後姿を二人で見送って、小さな背中が人ごみの中にまぎれて見えなくなると、おれたちはどちらからともなく互いの顔を見た。

おれは先手必勝とばかり、顎をつきだして腕をまくり、拳骨《げんこつ》を見せつけた。

渡部はためいきをついた。

「この間は、悪かったよ。ごめん」

そうして頭を下げるので、そのいさぎよさに、おれはいくらか拍子抜けした。

「殊勝だな」

渡部は、口元に手をやって、目を伏せて、ぽつぽつ言った。

「ほんとは、あそこまでするつもりはなかったんだ。確かに、脳内麻薬のせいかも、とは思ったけど、確証があるわけじゃなかったし、何より、実験台に立たされるのは竹之内なわけだし」

実験台、なんぞとあらためて言われると、そうかやっぱりおれの存在ってよっぽど特異なのか、と遠い目になれる。

やつはちらと視線を走らせた。

「ともかく、移動しようか。邪魔になる」

「……おう」

おれは身構えつつもやつの提案に乗り、その場を離れることにした。

腰を落ち着けることにしたのは、文化会館の二階テラスにあるカフェだ。ここは、会館内からだけでなく、外階段から直接入れる。天気がいいので、席は家族連れやアベックでふさがっていたが、おれたちがそこらを見回している間にちょうど立ったグループがあって、そこに座った。

「そういえば」

おれはアイスコーヒー、やつはアイスティーを注文すると、渡部が思い出したように口をひらいた。

「この間のときは、何か見えた？」

おれは眉を上げてやつを見た。

「こないだのは、それが本題だったんじゃないのか？」

何のためにあんなことをしたかといえば、予知は脳内麻薬に支配されるかということを試すためじゃなかったのか。

渡部はてれくささそうに笑った。

「そうだったはずなんだけど、今の今まで忘れてたよ。あのときは、竹之内の色気にあてられたんだな」

「いろ……」

おれは絶句した。テーブルの下でやつの足を蹴る。

「痛いよ、竹之内」

「痛いように蹴ったんだ、あたりまえだろ」

おれはさりげなくあたりを窺い、人の耳目がこちらに注意を払っていないのを確認して、おれ的には非常に訊きにくい——個人のプライバシーに踏みこむことであり、それにおれ自身が深く関わるかもしれないことでもあるから——質問を、ごくさりげないふうにして、小声で投げかけた。

「おまえってホモなの？」

渡部は、相変わらずしらりとした顔で答える。

「さあ、どうかな。あんまり差別はしない主義だけど」

「差別って、何の」

「恋愛対象としての相手の、さ」

つまり、好きになったら男でもオッケーってことか？　へー。

それはべつに、嫌悪感をもよおす類《たぐい》のものではなかった。好きになった相手に、真摯《しんし》に向き合おうという姿勢なわけだ。

ところが、意味ありげにおれを見やったやつのまなざしに、はたと気付かされた。

つまり――。

「おれを好きなの？」

渡部はゆっくりと視線をはずした。口元にうかぶのは苦笑だ。

「さあ、どうかな。竹之内のことはまだよく知らないし――」

そうしてまた、ゆっくりと視線を上げておれを見据える。

「ただ、知りたいなとは思うよ」

「……おう」

おれは我知らず気圧された。渡部の、ちょっと色の薄い瞳《ひとみ》は、アンティークのビスクドールのようだった。透き通っていて、非現実的な感じもあって、何を映しているかわからないけど、それでいて確かにこちらを見ていることがわかる、というか。何か考えているんだろうけど、外からは読ませない、というか。

黙って立ってりゃ、『草食系のイケメン』で通る顔立ちだ。

でも、おれはもう知っている。あのときにやつが見せた、熱っぽい、こっちに食い入ってくるような、まなざしの色を。

いつもはネコをかぶってるのか。羊の皮をかぶったオオカミなのか。その喩《たと》えがあまりにしっくりくるので、おれは思わず笑ってしまった。

「……なに？」

渡部は、怪訝そうに目を細めた。

「なんでもねーよ。……おまえの母さん、きれいな人だな」

後半は、話題をそらすのに付け足したというだけではなかった。おれはさっき別れた渡部母の様子を思い出した。おっとりと穏やかそうなのは、息子にも受け継がれた性質のようだった。ただし、やつのは、そう見える皮をかぶっているだけかもしれないが。

渡部は口元を笑ませた。

「そうだね。よく言われる」

「おまえみたいに上背のある息子を産んだにしては、小柄な人だけどな。親父《おやじ》さんがでかかったのか？」

「たぶん」

「たぶん？」

おれは何の気なしに訊き返してしまった。

渡部は表情を変えず、口元の笑みはそのままに答えた。

「もう亡くなったからね。最後に背比べしたのは、十年くらい前だったかな」

「え——」

おれは、胸のどこかがチクリと痛むのを感じた。

「……悪い」

「べつにかまわないよ。隠してるわけじゃない」

やつはいつもと変わらない顔で言って、前の客がテーブルに残した水滴を指先でなぞりながら話しだした。

「父が事故で亡くなったのは、おれが十歳のときだった。母はほとんど人生に絶望するくらい悲しんで、毎日泣き暮らしてた。おれも泣いたけど、父が死んだこと以上に、母に泣き続けられることがつらかった。なぜって、いなくなったダンナのほうが大事で、目の前にいる息子のことはどうでもいいみたいじゃないか？」

冗談のつもりなのか、やつはそう笑ってみせた。

おれはきつく睨みつけた。

「そんな言い方するな」

自分を卑下するやつはきらいなのだ。

渡部の顔から表情が消えた。視線を伏せて、ごめん、と言ったのが聞こえた。

「母もそのうち気付いたらしくて、前向きに立ち上がろうとしてた。おれのことは、より以上に大事にしてくれたよ。それがときどき、重く感じないわけじゃないけど、そんなことは言えない」

「……だな」

あいづちを打ちながら、おれは、胸の片隅で、何かがカタリと音を立てるのを聞いた。

「寿命を知りたいってのは、お母さんを安心させるためか」

渡部は肩をすくめる。

「そんなところだね。デパートで占いブースを持ってるような占い師に、姓名判断だか四柱推命だかで見てもらったらしいんだけど、二十歳で大難があって、命に関わるって言われたらしくてさ。ちょっと神経質になってるみたいだ」

「ああ……それで」

渡部母の、過保護っぽい様子にも納得がいく。

「父が亡くなって、おれまで早死にしたら、今度こそ母は独りになる。子供が親に自分の供養をさせるのは、逆縁の不孝っていうけど、そんな親不孝はできないよね」

「そうだな」

「正直な話――」

だが、そこで一度言葉を切ったやつの口元には、どこか昏《くら》い笑みがうかんでいる。

「おれが先に死んだら、母はおれのためだけに泣いてくれるのかなと思ったら、ちょっとそれを望まないわけでもないけど」

「だからおまえは、そういうことかるがるしく言うなって言ってんだろ」

おれはまた足を蹴った。

「自分の命を何だと思ってんだ。誰かへのあてつけや、人の気持ちを試すためにどうこうしていいもんじゃねえんだよ」

やつはにっこりした。どこか嬉《うれ》しそうに見える。

「うん。だから、竹之内に協力してもらいたいんだけど」

「うっ……」

そう来たか。

おれはぱりぱりと頭を掻いた。

「……悪いけど、視られるかどうかは、ほんとに、自分でも読めねーんだ」

渡部は身を乗り出してきた。

「気持ちよくなってても？」

おれは、目の前の男が、一見草食系のくせに、熱っぽいまなざしでおれをなぶったときのことを思い出して、耳まで熱くなる気がした。気恥ずかしさもあって、語調が乱暴になった。

「……なってもだよ！　しまいにゃ張り倒すぞ」

「そうか……」

やつは落胆をあらわにした。

そのしおれっぷりを見ると、こっちが一方的に悪いような気持ちになって、ぼそぼそと付け足す。

「……努力はしてみるけどよ」

「うん。ありがとう、竹之内」

晴れやかなやつと対照的に、おれはどんよりとためいきをついた。初めからまったく一分の隙《すき》もなくにべもなく断るより、なまじ期待させたほうが、罪が重い気もする。

「あんまり思いつめなくていいよ」

と渡部は言った。

「寿命なんて、結局は本人の心がけ次第って面もあるし。母を無駄に心配させるかもしれないけど、おれ自身が二十歳のこの一年をやりすごせばいいわけだしね」

それは、おれがやつの要望に応《こた》えられなかったときのことを見越して言ってくれるのか。

「……おまえいいやつだったんだな」

渡部はさわやかに笑った。

「前からいいやつだよ。知らなかった？」

「こきやがれ」

おれも笑った。

結局その日は、そのまま一緒に、科学博物館で恐竜の化石や模型を見物してすげーすげーとはしゃぎ、館内の喫茶スペースで松園展の図録を見せてもらって、別れるときには、初夏の日もすっかり西に落ちかかっていた。

「じゃあまた。学校で」

「おう」

おれたちは手を振り合って別れた。

ＪＲ上野駅のコンコースを、ホームへ向かって歩きながら、おれはなぜだかうかれていることに気付いた。

渡部は、つきあってみると確かにいいやつだった。けっこう単純に肉食恐竜の巨大な骨格に目を輝かせていたし、だから、おれがはしゃいでいても笑わなかった。

思いがけず顔を合わせて、ぶっ飛ばす気まんまんだったのは、今日の昼間のことだったのに、いつの間にか「じゃあまた」などと言って別れる仲になっているのが、我ながらふしぎだ。縁は異なものあじなもの、とは、よく言ったもんだ。

できることなら、やつの寿命もちゃっちゃと視て、やつ自身と渡部母とを安心させてやればいいのだが、視えたところで、寿命が長いとは限らないのだ。

「いっそ視えないほうが幸せだってことはあるんだよなあ……」

それを思うと憂鬱《ゆううつ》になって、おれは沈みそうな気分を振り払うように、階段をおりる足を速めた。

◇
◇
◇

数日は何事もなくすぎた。おれはクシャミのたびに意識して渡部の顔を思い浮かべたりしてみたり、渡部の名前を唱えながら耳かきしてみたりしたが、何の予知も発動しなかった。

やっぱりこれは、おれみたいなヘッポコじゃ、荷が勝ちすぎるんだろう。

そりゃそうだよな。人の寿命だ、地球より重くて、おいそれと左右できるものじゃない。かるがるしく口にできるものでもない。

言うなればそれは、開かずの扉だ。「ひらけゴマ」の呪文《じゅもん》を知る者にしか開けられず、その中に眠る財宝には、手をふれることもできない。

あきらめるしかないのかな……。やつ自身が言ってたように、この一年を無事にすごせれば、きっと渡部母も安心するだろう。それを祈るしかない。

そんなふうに半ばあきらめ、半ば自分に言い聞かせるようにしていた、ある日のことだ。

神保町《じんぼうちょう》の古書店街めぐりをしながら、おれは戦利品にほくほくしていた。元値一万以上する学術本が三千円で買えたら、そりゃラッキーだと思うだろう？

「自分で買わなくたって、大学の図書館にないのか？」

　大地が苦笑している。

「あるよ」

「じゃあ通えばいいじゃん」

「買ったほうが面倒がないだろ」

「あっそ。いつか寝床を本に占拠されるぞ」

「気をつけるよ」

　図書館で借り出す手間を惜しんで手元にそろえたテキスト類は、そろそろ二つの本箱からあふれそうになっているのだが、気にしない。効率の問題だ。

「おまえも大概本の虫だよなー。つーかそれすでに、コレクター？」

「そうかもな。中華書局版のテキストとちくまの邦訳本で間違い探しなんてやったら、ドキドキできるぜ」

「あ、思い出した」

　と、唐突に大地が言った。

「なんだ？」

「藤田《ふじた》が言ってたやつ。篠崎さんの講義で、ひきこもりオヤジのぼやきブログみたいなって言ってたあれさ」

「ああ」

「あれ、『潜父論《せんふろん》』て言わなかったっけ？」

その単語は、おれの脳裏に閃光とともに到来した。

何かというと、漢文の講義で教授の雑談中に出た書名なのだ。藤田がそれを調べる気になったらしく、ただ、何というタイトルだったかを忘れたと言っていたのは、昨日の話だ。おれも度忘れして、思い出せなかった。当用漢字しか使われてなかったはず、というていどのことは覚えていたのだが。

「それだ……！」

喉《のど》にひっかかって、なかなか出てこなかったものが、ぽんと飛び出した思いだった。

それと同時に、目の前が真っ白になった。色彩と音が消えて、その代わり、映画のフィルムのコマ送りみたいな画像が現れる。

大きな交差点だ。片道二車線、車通りも人通りも多い。角の交番に見覚えがあると思ったら、靖国《やすくに》通《どお》りを大学に向かう途中にあるやつだ。おれは反対の駅から来るので通らないが、渡部なんかは使う。

ふいに思いついたその名に反応したように、次の場面が映った。

――渡部だ。大きなストライドでやって来ると、ちょうど青になった信号を見やって、横断歩道に踏み出す。

そこに、ななめうしろから、減速しないで進入してきた右折車があった。

渡部の長い脚、大きな歩幅、その進路と、ほとんど暴走といっていい右折車のそれが重なり、そして。

「………っ！」

おれは息を呑んだ。渡部の驚愕《きょうがく》の表情と、衝撃を受けたようにぶれた画像、それを最後に、たちの悪い白昼夢は途切れた。

「…磨？　郁磨！」

気がつくと、大地がおれの腕をつかんでゆさぶっていた。

「大丈夫か？　貧血？」

突然、棒のように立ちつくしたおれをのぞきこみながらも、大地は、その理由が貧血などではないことを察していたようだ。気を回してくれたのだ、まわりに人もいるし、何か視たのか、とは確かめられないだろう。

おれはあいまいにうなずいた。頭が混乱していた。あれが予知だとしたら、あれはいつ起こるのか――避けられるのか。

避けられるのか？

真っ黒い不安に衝《つ》き動かされ、おれはケータイを取り出した。アドレス帳を呼び出し、『わ』の項を引く。

長いこと大地の名前しかなかった『わ』の項に、いつの間にかおさまってしらりとすました顔つきの『渡部』、そのナンバーをもどかしくコールすると、悠長に聞こえるコールリインが三回響いたところで、もしもし？　と、やつの――渡部の、生きた声が応えた。

「わたべ……」

おれは詰めていた息を吐き出した。

『竹之内？　どうした？』

「いま、どこだ？」

『いま？　ええと……九段《くだん》の交番の前』

おれは、安心したのもつかの間、心臓をぎゅっとつかまれるような緊張を覚えた。

「そこ…、動くな。信号が変わっても、渡るなよ」

『ええ？　どうしたんだ、急に』

渡部は笑っていて、まったく危機感というものが感じられない。

「いいから！　事故るから…、事故が――」

ああもう、どうしたんだ、おれの口。もっと的確に、暴走車が来るから、ひかれるから、気をつけておけと、そう言わなくちゃならないのに、言葉が出てこない。頭が働かないくせに、心臓だけはバクバクいって、それが混乱に拍車をかけた。

と、そのときだ。

ケータイが、耳障りな音を届けた。鼓膜をひっかかれるようなそれは、タイヤが運転手の急ブレーキに抗議する音だろう。まさか。

『あっ――――!』

続いてケータイの拾った音は、まぎれもなく、渡部の叫びだった。

「渡部!」

おれはこちら側で叫んだが、通話はそれきり途絶え、ツー、ツー、という音が、回線が切られたことを物語っていた。

腕をつかまれ、ゆさぶられた。大地が眉を寄せて、おれを見つめている。

「郁磨――」

「どうしよう…、大地、あいつ、動くなって言ったのに」

呆然と、それでいておろおろするしか能のないおれを、大地はどやしつけた。

「しっかりしろよ、郁磨! 渡部はどこだって?」

「九段下《くだんした》…、交番前……」

「じゃあすぐそこじゃないか。行こう」

「行こう……って」

「アホか!」

大地は一喝すると、おれに有無を言わさず腕をひっぱった。

おれは引きずられるようにして走りながら、どうしよう、どうしたらいい、と、バクバクする心臓と同じリズムでそればかりを繰り返していた。

五分の全力疾走で、運動的にも鼓動を速めたおれたちは、近付いてくる救急車のサイレンで、それをさらに倍加させた。

どうしよう、渡部、どうなってしまうのだろう、渡部、と、それぱかり考えていたおれは、ついに九段下の交差点の人だかりの向こうに、やつの姿を見つけた。

——立っていた。制服の警察官と、真剣な表情で、身振り手振りをまじえて、何か話しているようだ。

おれは息をするのも忘れて（三秒しかもたなかったが）立ちつくした。

生きてる。

生きてる！

おれはその場にへたりこみかけた。

あとからそのときのことを思い出したとき、一部記憶が飛んでたりするので、もしかすると、目をあけたまま気を失ってたのかもしれない。

「——大丈夫？」
警察官と話がすんだのか——事故の目撃者として事情聴取されていたのだと言った——渡部はおれをのぞきこんだ。

おれは、植えこみのブロックのところに座らされていた。大地が引きずってきて、座らせてくれたようだ。

「ああ……、なんとか」

頭の中がぐるぐるしてる感じだが、呼吸はしてるし、ふらついてもいない（座ってるせいかもしれないけど）。フタをあけたミネラルウォーターのボトルを渡され、一息に半分ほど飲むと、喉から胃にひんやりした感触が落ちるにつれて、体の中からもしゃっきりしてきた。

「サンキュ」

返そうとすると、渡部は首を振った。

「いいよ、飲んじゃって」

「そっか」

確かに、三分の一くらいしか残ってないのを返しても悪いか。あとで新しいのを買って返そう。そう考えてまた口をつけると、

「おれと間接キスだけど。どんな味？」

などとぬかしやがったので、おれは飲みかけた水を気管に入れて激しくむせた。

「あーあ、落ち着けよ、郁磨」

大地が背中をさすってくれた。

こっちのほうが死ぬかと思った……。おれはまだげほげほしながら渡部を睨んだ。

渡部はいつもの調子で笑った。

「ごめんごめん。おれもちょっとテンパってるのかも、交通事故なんて目の前で見たの、生まれて初めてだし」

大地が渡部を見た。

「あ、そうだ、結局おまえは無事だったのか？」

「ごらんの通り、無事だよ。……なんか、無事なのがおかしいみたいな訊き方だね」

「いや、郁磨が視たみたいでさ……」

「竹之内が？」

二対の視線がおれを見た。

おれはぶすくれた。

渡部は甘い目つきで問いかける。

「おれが事故に遭うかもしれないって？」

「……そーだよ」

「それで心配して、そんなに真っ青になって、駆けつけてくれたんだ？」

「だ――っれがてめーなんか……！」

「郁磨。血圧血圧」

ペットボトルを握りつぶしそうな勢いのおれを、大地がなだめた。

渡部はにこにこしている。

「竹之内から電話があって、思わず足をとめたんだ。そっちからかけてくれることってそんなにないから――つい嬉しくて、聴くことに集中しようと思って。そしたら、おれを追い越してったサラリーマンがはねられるのを目の当たりにしたもんだから、慌てちゃって」

急に電話切ってごめんね…と殊勝な様子で謝るので、おれも息をついた。

ところが。

「……なにそのオトメな発言」

大地が引いている。

おれも、やつの発言の内容を反芻した。

つい嬉しくて、聴くことに集中しようと思って、とは、確かに男が男に言うセリフではない。が。

おれはどういうわけか、顔に血がのぼるのを覚えた。そこは大地と一緒になって引くところだろうと自分でツッコミを入れるが、だめだった。

「……二人してオトメかよ」

大地のあきれた声が聞こえた。

「勘弁してくれ……」

おれは頭を抱えた。

その背中に、あったかいものが添わされた。

渡部の手だった。

「大丈夫、おれは生きてるよ」

「……渡部」

「生きてるから」

そうくり返されると、おれはよほど度を失っていたのかといたたまれなくなる。

おれは渡部の顔を見つめた。そこには、おれを安心させるような、穏やかな笑みがある。

生きてる……。

おれはその事実を噛《か》みしめつつ、大きく安堵《あんど》の息をついた。

「渡部、悪いんだけど、郁磨を送ってってやってくれるかな。おれこれからバイトでさ」

大地がそう言い出したのを、おれは慌ててさえぎった。

「送ってもらわなくったって平気だ、一人でだって帰れる」

「んなこと言って、腰抜けてるくせに」

おれはぐっとつまった。さすが、長いつきあいの親友は鋭かった。情けないことに、まだ膝が笑うような感覚が残っている。

「……ちょっと休めば大丈夫だ」

「渡部につきそってもらえよ」

じゃあな、と手を振って、大地はさばさばと去っていった。

これは、あれか。もしかすると、気をまわしてくれたんだろうか。

おれは長く息を吐き出した。

「大丈夫？　もっと水買ってこようか」

「いや……」

かたわらにたたずむ長身を見上げる。

「……おまえも座れば」

隣を示すと、渡部は並んで腰をおろした。

「そんなにびっくりしたんだ？　まだ顔が蒼《あお》い」

何が楽しいのか上機嫌な様子なので、おれはむかっ腹が立った。

「びっくりしたよ、当然だろ！」

「ああ、ごめん、そういう意味じゃないんだけど」

「どういう意味だよ」

「うん、ちょっと無神経だったね。ごめん」

そう謝りながらも、やはりにこにこしている。

おれは憮然《ぶぜん》とした。

「まだテンパってるのかも。竹之内が、おれのことでそんなに取り乱すなんて思ってなかったんだ。

それが嬉しくて」

　おれは鼻を鳴らした。

「誰もてめーのこと心配したなんて言ってねーし」

「じゃあどうして？」

「……………」

　やつのまっすぐな視線の前で、おれは下を向いて黙りこんだ。

「竹之内」

「……………」

「言って」

　おれはついに根負けした。

「……そうだよ、悪かったな。おまえが死ぬかと思って、めちゃめちゃこわかったんだ。これじ満足かよ！」

　我ながら、ケンカを売ってるような言いぐさだと思った。だめだ、こんな言い方じゃ、思ってることの十分の一も伝わらない——そうわかってるのに。

　ところが。

　ぎゅっと抱きしめられて、やつのふところの中に閉じこめられて、視界がふさがれた。

「ありがとう、竹之内」

耳元に、そんなささやきが聞こえた。

……奇跡的に、ケンカを売ってるわけではないのが、通じたらしい。おれはほっと力を抜いた。

「すごく嬉しい」

渡部の声は、おれの天邪鬼とちがって、気持ちそのままが表れている。じんわりと、胸にしみいってくるような声だ。

「竹之内が好きだ」

ふところに閉じこめられたまま、おれはその声を聞いた。それは耳から聞こえるようでも、胸から響くようでもあった。

「……渡部」

「好きなんだ」

おれはそろそろと顔を上げた。

渡部が、まっすぐおれを見つめている。

「おれは――」

口をひらきかけたとき、クラクションが鳴り渡って、我に返った。

動揺したまま忘れていたが、ここは天下の往来だった。ちらちらと通行人が奇異なものを見る視線を向けてくる。

おれたちは気まずい目を見交わした。

「ひとまず、ここから離れようぜ」

「そうだね」

そうして、努めて何気ないふうで立ち上がり、神保町から地下鉄で三駅のおれの下宿へ向かったのだった。


「あがってくれ、散らかってるけど」

1Kのマンションは、学生向けなのか、家賃はまあまあ手ごろだが、手狭なのは否めない。玄関を入ってすぐ右手が五畳のキッチン、左手に風呂《ふろ》とトイレ、奥が十畳の寝室だ。極力ものは少なく抑えるようにしているが、本が増えつつあって、大地に注意されたとおり、気をつけないと寝床まで占領されそうだ。

おれは敷きっぱなしの布団をたたんでカバーをかけたり、脱いだままの上着を拾ってハンガーにかけたり、とりあえず見苦しくないていどに部屋を整えた。

渡部は、壁にかけたカレンダーの写真を眺めたり、キッチンの一口しかないコンロに目をみはったりしている。

「ウーロン茶でいいか？　コーヒー？　つってもインスタントだけど」

「コーヒーをもらえるかな」

「座って待っててくれ」

やつはローテーブルの前に置いたクッションに腰を落ち着ける。

おれは急いで湯をわかし、マグカップにインスタントコーヒーをいれた。

それを持っていくと、渡部はありがとうと言った。

「ほんとは、来なくてもよかったんだけど」

「なんで？」

「なんでって……。じゃあ竹之内は、おれを連れてきてどうしたかったの」

そう問われて、おれも考えてしまった。

どうして一緒にうちに来ることになったんだっけ？

そうだ、大地がおれの腰が抜けてるのを看破して、渡部におれを送ってやってくれって言って、それで渡部がおれを好きって言って……。

好きって、言った。

あらためて思い出して、おれは顔が熱くなるのを感じた。

「返事を――」

喉が干上がりそうな緊張の中で、かろうじてそれだけが声になった。

渡部は気遣うように笑いかける。

「うん、それも、おれは聞かなくていいよ」

「え」

「竹之内を好きって言ったのは、おれが言いたかっただけだし。竹之内に同じことは求めてないから、気にしなくていいよ」

するど、おれの中で、持ち前の負けん気がむくむくと湧《わ》き起こった。

「そんな勝手な話があるかよ。おまえはそれでいいのかもしれないけど、おれの気持ちは無視かよ」

よりにもよって、「相手が好き」という、自分一人では成立しない物事について、勝手に好きと言って、それで自己完結しているのが、無性に腹立たしかった。嫌いと言われてあきらめるならわかるが、相手の意思を聞かないとは、そもそもその相手に興味がないも同然ではないか。

「……竹之内？」

「おれも、おまえが好きだ。……と思う」

告白は尻すぼみになった。かっこ悪い——だって、自覚したのがついさっきなのだ、しょうがないだろう？

渡部が暴走車にはねられるかもしれないと思って、全身の血が引いた。生きていると確かめて、へたりこむくらい安心した。それはつまり、一見のほほんとしてるのに熱っぽいまなざしでおれを射る、母親の愛情が重いと言いながらも母親思いの、そんなやつが、たぶん、きっと、好きなのだ——それで間違ってないよな？

気恥ずかしさに、前髪を掻くふりでうつむくと、物言わぬ、それでいて雄弁な腕に抱きすくめられた。

そうだ、この腕も好きだ。おれは心地いい感触に目を閉じた。

ひそかなささやきが、耳を撫でた。よかったと言ったのか、おれを呼んだのかは、聞き取れなかった。

どれくらいそうして抱き合っていたか、渡部が腕の力をゆるめた。

「竹之内」

「……ん」

「キスしていい？」

「――へっ」

ちょっと待て、心の準備が、と慌てる間もなく、両手に首を引き寄せられて、思わず目をつぶった隙に、キスされていた。

咬《か》みつくような激しさはない代わり、とろかすような、甘いキスだった。

やつとは初めてのキスだった。校舎裏でふらちなまねをされたときは、されるかも、と感じただけで、実際にはしなかったのだ。どう考えても、順序が逆だ。

渡部もそう思ったのか、抱擁をとくと、はにかんだように笑った。おれも笑ったが、きっとぎこちなかっただろうな。

それから冷めかけたコーヒーを飲み、大してしゃべるわけではないが、何となく満たされたような、

ふわふわしたような時間をすごして、やつは帰っていった。

「今週末、おれの家に遊びにこない？」

帰りしな、やつはそう誘った。

「母が旅行でいないんだ。泊まりがけで来てよ」

「あ…、うん」

おれはそう答えていた。

「きっとだよ」

渡部はにっこりときれいに笑って、帰っていった。

おれはやつを見送ると、部屋に戻って、たたんだ布団の上に倒れ伏した。

何だかいろいろありすぎて、すっかり疲れていた。

◇　◇　◇

「緊張しないで、座っていいよ」

と、思わず見ほれるような笑みをうかべて、渡部が言う。

「あ、うん」

おれは音を立てそうなほどぎくしゃくとうなずき、ソファに腰をおろした。ここは渡部が母親と暮らしているマンションで、渡部母は、今夜から社内旅行だそうだ。それはつまり、明日の夜、渡部母が帰ってくるまでは、この家にはおれとやつの二人きりというわけだ。

二人きり、というわけだ！

それが何を意味しているかというと、ということを考えると、意味もなく叫び出したくなる。おれは気をまぎらわせるために、あちこちを見回した。

十五畳ほどのリビング・ダイニングは、すっきりと整頓《せいとん》されている。おれの適当に散らかった部屋に比べると、整いすぎてて、緊張はそのせいもあるかもしれない。

大型の液晶テレビにオーディオセットは現代風だが、コーナーにはクラシックなヨーロッパ調の陳列棚があって、そこにきれいなグラスやティーカップなどが飾られていた。それと、一番上には写真立て。

見ると、それは若いカップルを写したものだった。海外で撮ったもののようだ。バックに中世っぽいムードの城がそびえている。

女の人のほうは、若いころの渡部母だ。ということは、隣に立つ背の高いハンサムは、亡くなったという渡部父か？

まじまじ見つめていると、渡部がキッチンから顔を出した。

「両親だよ」

やっぱり。

「すげえ美男美女のカップルだな。おまえみたいなのが生まれるわけだ」

「それは、竹之内から見て、おれがちょっとは魅力的だってことかな」

「誰もそんなこと言ってねーよ！」

おれは思わず大声になった。

渡部は笑っている。きっと見透かされてるんだろうな。くそう。

渡部は買い物袋をガサガサいわせて、買いこんだ食材をしまっていた。

「食事はどうする？　もう作り始める？　それとも先にコーヒーでも飲む？」

「あ…、コーヒー頼む」

まだ夕方だ、五月も終わりのこのころは、ずいぶん日がのびて、六時すぎといっても明るかった。

「竹之内、いつも夕飯は何時ごろ？」

「おれ？　おれはまちまちだな。バイト先で食うときは六時ってこともあるし、自分で食うときは八時のときもあるし」

「じゃあ、もう少しあとでもいいかな」

「あ、うん」

おれはまた落ち着かなくなって、必要以上に熱心に、金彩のほどこされたティーカップを観察したりした。マイセンなんだか何なんだか、さっぱりわからないけど。

やがて、コーヒーのいい匂《にお》いがしてきたと思ったら、渡部がカップをふたつ持ってきた。

「あ…サンキュ」

おれはソファに戻った。

渡部が隣に座ると、思わず体が逃げてしまった。

「竹之内……もしかするとこわがってる？」

やつは当然そう考えるだろうということをわざわざ口に出して確かめたが、おれは強がった。

「何をこわがる必要があるってんだよ、べつに取って食われるわけじゃあるまいし」

「そう？　じゃああんまり端っこにいかないで、もっとこっちに寄ってよ」

「……おう」

おれはずいずいと寄っていった。

と、渡部の肘が、おれの二の腕の裏側をちょっとかすめた。

「……っ」

どきっとして、おれは過剰反応してしまったんじゃないかと思う。そっと隣を窺うと、しかし渡部は何も気付かなかったようで、コーヒーを飲んでいた。

ほっとして、おれもカップに口をつけた。濃くて苦くて、うまいコーヒーだった。

しばらく、おれたちは黙っていた。壁時計の秒針がカチコチと立てる音だけが響く。

「テレビでもつける？」

沈黙が重くなってきたころ、渡部がそう訊いてきた。

「それともＣＤ？　何か――」

そこへ、鋭い電子音が鳴った。おれは心臓が飛び上がるかと思った。渡部のケータイからのそれは、メールだったらしい。やつはすぐにフラップを閉じた。

「あーもう、だめだ！」

おれは空気の重苦しさをやりすごしかねて叫んだ。

「え……竹之内？」

「だめだ、この気まずさは耐えらんねえ。早くメシにしよう」

びっくりした様子で腰を浮かしかけるやつをしりめに、おれは早口に言い募る。

「そんで風呂入って、寝るんだ。いつまでもこの居心地の悪さが続くかと思うと、気が狂う」

渡部はきょとんとしていた。

おれは、その反応の悪さにいらだった。

「おい、聞こえたか？」

渡部は思案げに顎をつまんでいた。

「……寝るって、言った？」

おれは腹に力をこめた。

「お……おう！」

「そういう意味と解釈していいんだね？」

「お…、……」

おれは今になって心臓がバクバク言い出すのを感じた。寝る。その単語には意味が二種類あって、ひとつは子供が使う意味、もうひとつは、おとなが使う意味だ。

ばーっと、顔が赤くなるのがわかった。耳まで熱い、きっとそこまで真っ赤だ。

「竹之内」

やつの長い腕が、おれの体にまわされた。

「な…んだよ」

「竹之内……」

やつはこれ以上ないくらい甘い声でおれを呼び、キスしてきた。

やつの唇はやさしくて、ついばむしぐさは柔らかかった。そっと下唇をノックするぬれた感触があると思ったら、息継ぎにひらいた隙間から、とろりと舌が入りこんできた。

「……っ」

おれは思わずやつのシャツをつかんだ。胸がドキドキいうのと、息を吸っても吸っても呼吸が楽にならないのと。こういうディープなキスでここまでテンパるのは、生まれて初めてだ。

「竹之内……」

ちゅ、ちゅ、と仕上げにもかるくついばんで、渡部はおれを抱きすくめたまま訊ねてきた。

「郁磨って呼んでもいい？」

おれはぶっきらぼうに答えた。

「……おう」

「郁磨……」

渡部は早速そっと呼んだが、その声音があまりに嬉しそうで、大切なものを呼ぶときのようで、おれはますます気恥ずかしくなってしまった。

「おれのことも、克彦って呼んで」

「え」

「克彦って。呼んで」

おれは緊張した。深く考えることはないのだ、大地のことだって下の名前で呼んでるんだし、とは思っても、大地を呼ぶのとこいつを名前で呼ぶのとは、明らかに意味合いが違う。

それがつまり、『好き』ということなのかもしれないけれど。

「か…、克彦」

声になったかならないかというぎりぎりのささやきは、それでもやつには聞こえたようだ。ぎゅっと強く抱きしめられ、髪にぐりぐりと顔をうずめられた。

……位置関係をかんがみるに、身長差を思い知らされておもしろくないのだが、まあいいか。やっぱりでかいワンコみたい、こいつ。

おれは小さく笑った。

「……なに？」

すると途端に不安そうな眼を向けてくるのも、ワンコに似てる。

おれはその頭をがしがしと撫でた。

「なんでもない。メシの仕度、始めようぜ」


二人で——メインディッシュは渡部母が下味をつけて冷蔵庫に入れておいてくれた鶏《とり》のモモ肉だったので、正確には三人で——作ったディナーは、リッチで、うまかった。

それから後片付けをして、先に風呂を使わせてもらい……「寝る」ための準備をしているうちに、どきどきしてきた。寝る、わけだよな、うん。

やつが風呂に入ってる間、おれはTシャツにイージーパンツという寝間着スタイルで、洗った髪をガシガシ拭《ふ》きながら、テレビのバラエティ番組を見ていた。

いや、ただ眺めていただけなのかもしれない、時折どっと笑い声も聞こえてきたが、なんで笑ったのか全然わからなかったからだ。

渡部と、寝る……それがどういうことなのか、おれにとって未知の領域なわけだが、そのときどうなるのか、いまいち把握しきれないところがある。

こういうときこそ予知が発動すればいいのに、そういうときに限って発動しないのは、脳内麻薬が足りないのか。

あ、クシャミしたい。

「へくしっ！」

……………。

…………………。

だめだな、何も視えなかった。もう少し「タメ」がないとならないのかも。

「郁磨？　寒い？」

そこへ風呂から出てきたやつが来合わせた。ネイビーブルーのパジャマを着ている。

「髪乾かさないと、風邪ひくよ」

「平気だよ、こんなもん」

「だめだよ」

やつは強く言って、ドライヤーを持ってきた。

「ほら、乾かしてあげるから」

「自分でできるって」

「やらせてよ。郁磨の髪さわりたいんだ」

おれは気恥ずかしくなった。言ってるやつは恥ずかしくないとは、理不尽だ。

ぶおんとモーターの音がして、温風がぬれた髪をなぶった。やつの指は、美容師みたいにおれの髪を扱った。さわさわと毛先をはねあげ、地肌を梳《す》き通す。

気持ちいい……。あったかいのと、手指の感触が心地よいのとで、眠たくなる。

いつしか、テレビの音も聞こえなくなっていた。モーター音が大きかったのもあるが、うとうとしていたのかな？

やがて、温風がやんだ。

「はい、できた」

「おー、サンキュ」

振り向いて礼を言ったおれは、やつの、ちょっと驚いたような表情に遭った。

何だと思う間もなく、つい今までおれの髪をかろやかにいじっていた手が、今度はおれの首をしっかりと捉えた。何だ何だと考える間もなく、キスされた。

キスはやさしかったが——歯磨き粉の香りもする——いきなり舌も入ってきた。ちょっと待て、心の準備が……！

ここで事に及ばれたらどうしよう、と心配になったとき、やつは名残り惜しそうに離れていった。

「……寝ようか」

そうおれに確かめた目つきが、何とも言えず甘かった。おれは思わず——つまり深く考えもせず、うなずいてしまったのだった。

やつのベッドの上で、深く抱き合う。この部屋に移動してきて、まだ十分も経《た》っていないのに、キスは数えきれないくらいした。何度も何度も、角度を変え、強さを変え、舌の入れ方や入れる深さ、絡め方を変えて、何度も何度も。

するりと、Tシャツのすそから、入りこんでくるものがある。やつの手だ。

さっきおれの髪をまさぐった手は、今度はおれの体を這《は》いまわった。感触は同じにやさしいが、さっきと違うのは、それがはっきりといやらしさも持っていることだ。指先で胸のとがりをいじられ、はじかれて、おれはもがいた。

「ん……っ」

「郁磨……」

キスから逃れると、やつは甘い声でおれを呼んで——つくづく人をたぶらかす素質のある声だ——すべての気力も奪うようなキスをしかけてくる。

気がついたときには、Tシャツは喉のあたりまでまくりあげられていた。

「え、ちょっ……」

我に返ると途端にいたたまれなくなって、体を起こそうとした。

しかし渡部は、ちょうどいいとばかりに、そのTシャツをくるりと剝《は》ぎとってしまった。呆然とするおれを、あらためて押し倒す。

「……っ」

おれは声を嚙み殺した。やつが、さっきまで指先でいたずらしていたそれを、舌先で捕えたのだ。ずんと、体の中心線にそって、何かが走り抜けた。それは間違いなく快感というものだったと思う、その証拠に、その何かは腰にとどまって、熱を生んでいる。

「く…ふっ……」

おれは唇を嚙みしめた。やつがそれを舐《な》めたり吸ったりする音を聞くのもいたたまれなかったが、自分の声を聞くのはさらに羞恥を煽《あお》った。

「郁磨……」

そっと、やつの指先がおれの口元にふれる。

「唇、切るよ」

そう言われても、おれは顎の力をゆるめなかった。

「……郁磨」

やつは、おれが必死に嚙みしめる唇を舐めて、癒《いや》そうとしている。それと同時に、胸の先をきゅっとつまむので、おれはたまらず声をあげた。

その隙に、またキスされた。唇も舌も吸われ、こぼれた唾液《だえき》も舐めとられた。どこもかしこもどろどろになった気分だった。

渡部のあたたかい手が、前髪をかきやる。額や頬にキスが降ってくる。まぶたにも。耳たぶにも。

それが首筋を伝い、次第に胸までさがって、今度はさっきとは逆のとがりをついばんでも、おれはもう唇を噛むことはできなかった。もう頭の中までどろどろになっていた。

「ん……ん」

それなのにやつは、またおれがきつく噛みしめていないか確かめるように、戻ってきてはキスをしていった。

おれは、抱き合うたび裸の胸にふれる布地の感触が、気に障り始めていた。やつはまだパジャマを脱いでいないのだ。

おれはやつの後ろ髪を引っ張った。

「おまえも……脱げ……よ」

「……脱がせてくれる？」

「お…っ、おう」

おれは、見下ろすやつの視線をまともに受け止めないようにしながら、やつのパジャマのボタンをはずした。はだけた前からは、ほどよく筋肉のついた胸がのぞいた。

こうして見ると、おれより少し幅も厚みもある。少しだけな、ちょっとだけ。

自分がされたように、胸の先をするする撫でてみると、やつは笑った。

「くすぐったいよ」

「おまえ、人にはしたくせに……」

「だって郁磨は気持ちいいんだよね？」

「そ――」

おれは絶句した。なんてこと言うんだ、バカ！

ところがこのあつかましい男は、おれの羞恥などおかまいなしに続ける。

「ほら……もう手ごたえが違ってきてる。わかる？」

ここ、と手をとってふれさせられて、はんとだ、と思ってしまったあたり、おれも大概バカかも。

女でもないのに、こんなところが感じるなんて、信じられねえ、と思いつつも、そのぷつりとした感触が新鮮で、撫でまわしてしまった。

「だめだよ……それはおれの役目」

渡部はおれの手をのけて、ちゃんとさわり始めた。

「は……っ」

「郁磨……」

おれたちはまた抱き合い、キスをした。どちらの肌も熱くなっていて、汗ばんでいた。

やつがおれのイージーパンツを脱がせると、おれもやつのズボンを脱がせた。やつがおれの下腹部のものを握ると、おれもやつの同じところに手を伸ばした。

二人分を重ねてしごくのは、ずいぶんと刺激的だ。ふだん決して他人のものとふれることがないだけに、興奮がいやます。

手がぬるついてきた。どっちのかはわからない、きっとどっちもだ。渡部も興奮している……時折おれを見る眼が、信じられないくらい熱い。

「郁磨」

せつなそうにおれを呼ぶので、おれは応えるように、あいたほうの手をやつの首にまわした。

今度のキスは、おれからした。思えば、あの日――渡部にふらちな実験を持ちかけられたあの日、キスされるかもと思いながらついにしなかったというのに、今夜はそれを埋め合わせてあまりあるほどだ。

「郁磨……っ」

「…あう……！」

手の強さが増し、リズムも速まった。裏側をこすりあげられて、おれは突き抜けるような快感に襲われ、いった。

やつもほぼ同時に達した。どろりとした熱いものが放たれ、おれの腹に落ちた。

「…っは……ああ……」

おれは体をふるわせた。やつは余韻を味わうようにすりつけて、最後の一滴まで打ち出そうとしていた。その動きにおれも煽られ、快楽の残滓《ざんし》をむさぼった。

「郁磨……」

やつは熱い体をおれの上にふせて、おれの首に顔をうずめた。息遣いが荒い、おれもだけど。

心臓がバクバクいってる……おれもだけど。

やがて呼吸が落ち着いてきて、離れるのが名残惜しいとぼんやり思ったとき、脚のつけねのその奥にふれるものがあった。

おれは我に返った。

「渡部、なに……！」

やつは、例の甘いまなざしで答えた。

「郁磨に、入りたい。いや？」

「――――」

おれは息を吸ったまま、吐くことを忘れた。

「郁磨。だめ？」

でかいワンコは、甘えるように、ねだるようにくり返す。

おれは唇を舐めた。

「ひとつ確認したいんだけど」

「うん」

「……おれがされるほうなの？」

「うん」

「やだよ！」

わけもわからずパニックを起こすと、渡部の長い腕がおれを抱きすくめた。

「やさしくするから」

「信じらんねえ！」

「本当だよ。やさしくする。誓う」

ひたと見つめるまなざしは、真剣で、誠実で、「甘えた」で、ワンコだった。

おれは唸りながら答えた。

「大事に扱えよ。こわれものだぞ」

やつはにっこりして、約束する、とささやいた。

それからやつは、長い時間をかけてじっくり慣らしたわけだが——ドコを、とはもう言うまい——その長さのうちに、おれの羞恥心はすり切れて、ほんのかけらほどを残すのみだった。

男の前で脚を広げ、肉体的にも精神的にも一番隠されている部分をいじられるなんて、どんなプレイかと思う。……いや、正しくプレイなわけだが。

その光景を目の当たりにすると気が狂いそうになるので、おれは早々に目を閉じてしまった。

もっとも、見なければ見ないで、それも気が狂いそうだったわけだが。

長い、骨っぽい指が、何かのすべりを借りてゆっくり出入りしている。関節の位置まではっきり知覚できそうで、おれは意識すまいとしながらも、どうしても力がこもってしまうのをとめられなかった。

　あまりきつく締めつけると、やつはあやすように指を揺らす。そうしておれはやっとのことで力を抜く。

　そんなことを繰り返して、今はもう二本の指がなじんでいるようだった。なかでばらばらに動くのでそれがわかる。

　その違和感たるや、並大抵のものではなかった。そりゃそうだろう、そこでそんな感触を得ることは、普通、ない。やつが慎重だったおかげで、痛みはひどくないが、へんな感じなのに変わりはない。

……いや、それだけではない、かもしれない。何かうずくような、むずがゆいようなもどかしさも出てきた。それが何かは、わからないけれど。

　慣らしながら、ときどき胸や腹にキスしていたやつが、上体を伸ばしてきた。

「郁磨」

「……なに」

　おれは重くなっていたまぶたを押し上げた。

　どこかいそいそした表情のやつがそこにいる。

「前からとうしろからと、どっちがいい？」

「………」

それをおれに選べと？

「うしろからのが楽だって言うけど」

「……じゃあ、それで」

「わかった」

やつは指を抜いた。おれは息をつめた。変な感じが、ますます強くなった。

「うつぶせになれる？　……そう」

目の前にあった枕《まくら》を抱え、そこに頬をつけると、腰を引き上げられた。

「ゆっくり息を吐いて……そう……」

そこにひたと熱いものを押しつけられたかと思ったら、それが予想していなかった強さで押し入れられた。

「……っ！」

おれはたまらず全身に力を入れてしまった。緊張を逃がそうとか、やりすごそうとか、そんなことを考えても無駄だった。反射的な、ほとんど本能的な反応だ。

「郁磨……もう少し我慢して」

「むり……っ」

逃げようとした体は、やつに抱きこまれて引き戻された。じりじりと分け入ってくる熱くて硬いものが、どこまで入ってくるのかわからない。逸《はや》るのか、ときどき脇の壁に押しつけられるのもつらい。

もしかしたら、おれが暴れるせいかもしれないけど。

「いっ……」

「郁磨、いたい？」

「……もぉ、やだ……」

ろれつがまわらない。心臓がばくばくいって、息があがって、体温はきっとインフルエンザをかるくぶっちぎってる。

「まだ……？」

「もう少し……」

「ん…、ん、ん……っ」

おれは枕を抱きしめた。

そのおれを、やつがうしろから抱きしめた。背中があったかくなって、ちょっとほっとする。

「郁磨……全部、入った」

肩にかかるやつの息もあがってる。なかはずきずき脈打って、やつのでいっぱいになっていた。

おれは深く息をついた。

「……もう、しねえ……」

「……それは困るな」

やつはあんまり困ったようでもなく言って、腰を揺らした。

「ちょっ……！」

おれは慌てた。何か、そこからぶわっと湧き起こるものがあった。なんだ、これ！

それは、ちょうど表側の器官にも連動した。おれはそれに千をやって信じられなくなった。

これがバックの快感ってやつなんだろうか。医者に触診されても起きるとかいう？

「郁磨」

おれの反応に気付いたやつが、嬉しそうな声を出した。ばか、ちがう、これは……！

しかし、おれの反駁《はんばく》は遅きに失した。やつは勢いづいてそこを攻めたててきた。

おれはわけがわからなくなりながら、抱えた枕に顔をうずめ、生まれて初めての快感に押し流された。

それからは感じてひっきりなしに声をあげ、最後が近付くにつれて声もなく、深く抱きすくめられたやつの腕の中で、極みを迎えた。

ふれあった他人の汗ばむ熱い肌が心地よいと感じたことも、生まれて初めてだった。

あとで聞いた話だが、後始末をされたあとで、おれは、クセになったらどうするんだ、と憎まれ口をきいたらしい。まったく覚えがない。

「で、おまえは何て応じたんだ？」

「それまで忘れちゃった？　つれないなあ」

やつは笑う。

「責任とるよって、言ったんだよ。郁磨」

「……へー……」

作り話じゃないだろうな。

その疑念が顔に出たのか、やつは重ねて言った。

「つくってないからね」

「あっそ……」

てれ隠しにそっぽを向くと、やつは視線の先にまわりこんでくる。

「責任、とるよ。郁磨」

真摯で誠実で、甘いまなざしだった。直視したが最後、こちらこそよろしく、などと口走りそうな危機感にかられ、おれはあさってのほうを向いてわざとそっけなく、あっそ、と応えた。

◇　◇　◇

「すっげーいい天気！」

大地がうんと伸びをした。

「風が気持ちいいね」

克彦も同じように腕を伸ばす。

おれたちは珍しく三人で公園ランチに来ていた。六月間近のこのころは、ちょっと動くと汗ばむほどなのだが、今日は風がさわやかだった。

「そういや、九段の桜って有名なのに、花見したためしがないなあ」

全国的に有名な桜ポイントの千鳥《ちどり》が淵《ふち》は、目と鼻の先なのだ。

「新学期が始まるときには散っちゃってるからね」

「あ、そっか」

東京《とうきょう》の桜は、早い年には、四月を待たずに散ることもあるくらいだ。きっと温暖化のせいだな。

適当なベンチを見つけ、三人並んで腰かける。おれはエコバッグの中から、三人分の弁当を取り出した。

「ほいよ、焼きプリン」

これは大地のリクエスト品だ。

「サンキュー」

「ほら、おまえにも」

もうひとつ、これは克彦に差し出すと、やつはきょとんとした。

「……え？　おれにも？」

「きらいだったか？」

するとやつは、まぶしくなるような笑顔になった。

「好きだよ。ありがとう」

「……おう」

克彦から全開の笑みを向けられることは、まだ少し気恥ずかしい。ワンコが無邪気に飛びついてくるような、そんな印象がある。ぶんぶんと振った尻尾《しっぽ》さえ見えるような気がする。

「やっぱり犬みたいだなー、おまえ」

からかうように言うと、克彦はけろりと応えた。

「郁磨は猫だよね。毛を逆立てるところなんかそっくりだ」

「悪かったな」

「男同士で、受けいれるがわのほうもネコって言うんだよね」

「おまえもう黙ってろ！」

白昼から何を言い出すんだこいつは。

大地は人の気も知らずにげらげら笑っている。

「いただきます！」

おれはやけのように焼肉弁当に箸をつっこんだ。

「いただきます」

克彦は行儀よく手を合わせている。

大地が、紙パックの野菜ジュースにストローを差しこみながら訊いた。

「……で、結局、渡部の寿命は視えたの？」

おれはふてくされて答えた。

「こんなあつかましいやつ、殺したって死なねえよ」

「ひどいなあ」

「ケンカするほど仲がいいってねー」

大地はのんきに笑っていた。

この親友には、いろいろ見抜かれたり覚られたりして、いよいよ頭があがらなくなりそうだ。たまにプリンを貢ぐくらいしないと、ばちがあたりそうだった。

「来年は、ここに花見に来ようね」

と克彦が言った。

「……おう」

大地がひやかした。

「やだねー、来年のデートの話してるよ」

「うるせー」

急に鼻がむずがゆくなって、おれはクシャミをした。

大地が毎度のごとくからかった。

「花粉症か？　この時期だとヒノキだな」

「断じて違う」

おれは克彦を見た。

「なに？」

きょとんとしている顔が、穏やかな目元はそのままに、美老年になったところを視た、とは――まあ、言わないでいいか。

扉のうちに

ずり、と、布団からはみだした足が、床の上をこする音がかすかにした。だが、足の持ち主も、その足にそんな動きをさせた張本人も、そんなささいなことは気にしなかった。

なぜならその部屋には、

「あ…そこヤバい……」

押し詰めた、それでいてせっぱつまったような訴えと、

「やばいって、なにが？」

そう訊《たず》ねる甘やかなささやきと、

「ヤバいもんはヤバい……だから、ちょっと待てって……！」

「それじゃわからないよ」

言葉遊びのようなやりとり、ちゅ、ちゅ、とそちこちをついばむ唇の音と、たまらなくなってつかむシャツの衣擦《きぬず》れ、ためいき、そんなもので満ちていたからである。

「郁磨《いくま》……」

せつない吐息に乗せて、余裕のあるほうが相手を呼ぶ。

「おまっ…反則すんな……っ」

郁磨と呼ばれた余裕のないほうは、耳たぶまで赤くして、自分に覆いかぶさっている相手を睨《にら》みつけた。

「反則って、なにが？」

問い返す相手は笑みさえ含んで、余裕綽々《よゆうしゃくしゃく》といった風情なのがまた癪《しゃく》に障る。

郁磨はむきになって言い募った。

「だから、……そういう、砂糖だだもれみたいな顔とか、声とかだよっ……」

「砂糖だだもれって……」

己れの様子をそんなふうに評された相手は、おかしそうに笑った。

「笑うな、渡部《わたべ》！」

渡部と呼ばれたほうは、郁磨の頬《ほお》にやさしくふれながら顔を近付けていった。

郁磨はうろたえた。

「ち、近い！　近いって！」

「名前で呼んでよ」

「なまえ……」

「おれの、下の名前。名字じゃなく」

郁磨は、ひくりと喉《のど》をひきつらせた。一応、恋人、であるところの相手を呼ぶのに、下の名前を使うのは、まだ気恥ずかしいのだ。

そもそも、下の名前で呼ぶという行為は、郁磨にとっては特別な部類に入る。特別親しいとか。特別その名前に思い入れがあるとか。

たとえば、親友の綿貫大地《わたぬきだいち》は、特別親しいのと同時に、中学のクラス分けで初めて顔を合わせたときに、大地という名前はいいな、と感じた。それ以来ずっと下の名前呼びだ。大地のほうからも、お返しのように郁磨と呼ばれている。

それ以外に、下の名前で呼び合う友達というのは、数えるほどしかいなかった。

——いや、正直に言うと、大地以外とは、ほとんど名前では呼び合っていなかった。名字か、あだなかだ。

その、極めて少ない、親しいつきあいのカテゴリーに、この相手、渡部克彦《かつひこ》を入れてしまったのだった、郁磨は。

「う——」

「ん?」

「………」

もごもご、と口の中で呼ぶと、わざとらしく顔を近付けられた。

「だから…近いって……」

郁磨はその顔にべたりとてのひらを押しつけた。むだに甘い顔立ちが接近してくると、心臓の鼓動がはねあがるのだ。ただでさえ早鐘のように打っているというのに。

口をふさがれた格好の渡部は、しかしめげない。その手首をとり、ちゅっと音を立ててのひらにキスした。

「だからそういうことすんなっておまえはもう!」

郁磨は真っ赤になって手を振りほどこうとしたが、大事なところを押さえられていては、その抵抗もあまり力が入らない。

「好きだよ、郁磨」

渡部は甘い甘い声でささやいて、郁磨の耳まで虫歯にしようとするかのようだ。

「大好きだ」

それに対して郁磨は、ううう、と唸《うな》るばかりで。

「好きだ、郁磨……好き――」

つかんだままの手指に、額に、頰にキスの雨を降らせる渡部に、郁磨はついにぶちキレた。

「くっそ、おれも好きだよ、……克彦！」

「郁磨――」

渡部は目をみはり、ついでこぼれるような笑顔になると、郁磨の下腹部のものに押しつけた腰を力強くゆさぶった。

「うわ、ちょ、待っ……」

郁磨は声を裏返らせた。お預けをくわされていた快感が、次から次へと押し寄せてきた。

「うあ、克、だ、だめだって、もう」

「気持ちよくない？」

「……だからそういうこと訊《き》くなってっ……」

「訊かないとわからない。気持ち悪いならやめる。でもそうでないなら、続けるよ」

そうして動きを速めたので、郁磨は、気持ちよくないなどとはまして言えなくなった。

気持ちいい。おかしくなってしまいそうだ。渡部のものと重ねて握られ、こすられるだけで、自分でするのの何倍もいい。消え失《う》せそうな理性に何とかしがみついて目をあければ、驚くほど間近に、目を閉じ、恍惚《こうこつ》とした——苦痛と紙一重の——色をうかべたハンサムな顔がある。

相手も同じくらい感じている。それにほっとした。

そのかすかな吐息に、渡部が気付いた。郁磨がじっと見つめていたと知ると、てれくさそうにほほえんで、唇を寄せてくる。

ちゅ、と下唇をついばまれた。次いで、上唇。郁磨は舌を差し出していた。喘《あえ》ぎ続けていたせいで、すっかり渇いていた。なめて、ぬらしてほしい……。

言葉にならない思いを、渡部は正確に汲《く》み取ってくれた。ちろりと、ぬれた舌が表面をなぞり、次第に深く重ね、すり合わせてくる。郁磨はそれを吸った。

「郁磨……そろそろいい？」

夢中でからめていると、渡部のせつなげな声に促された。いつのまにか動きがとまっている。おあずけをくったものは、痛いほど張りつめていた。はやく解放しなくては気が狂いそうなのは、郁磨も一緒だ。ん、と小さくうなずくと、渡部は腹の間に二人分重ねたものを握り直し、絶頂をめがけてしごき始めた。

振り子の幅をだんだんとせばめてくるような、反復横飛びのスピードを次第にあげてゆくような。絶頂へのステップは、郁磨にとってそういうイメージだ。小さくながら左右に揺れていた振り子がぴたりととまる、あるいは、反復横飛びで勢いを殺しきれなくなって片方にすっ飛んでゆく、その瞬間に背筋を突き抜けてゆくもの、それが絶頂感なのだ。

だが、渡部と重ねる快感は、それとは少し違う。どこに続くとも知れない階段を、ひたすら駆けあがる感覚がある。背後から同じように駆けてくる足音が聞こえ、まるでそれに追い立てられるようにスピードをあげる。息が切れ、限界が近付いてきたとき、階段の終わりが見えてくる。

そこには一枚のドアがあり、そこに駆けこもうとノブに手をかけると、追いついたうしろの人間の手が上から重ねられる。そのときには郁磨にも、背後にぴったりとくっついてくる人物が誰かということはわかっているのだが——渡部以外ではありえない——二人でドアをあけると、そこからまばゆい光があふれ、呑《の》みこまれるのだ。

今回もそのプロセスを踏み、もうじき、いよいよだとドアノブをつかむ手に力をこめた。

そのときだ。真っ白になったまぶたの裏に、人影が映った。

二人いる。手をつないで、親密そうだ。小柄なほうに、上背のあるほうがかがみこんで、頬をくっつけた。恋人同士のしぐさだ。キスまではいかない、けれどただの友達ならそんなことはしない、そういうしぐさ。

ラブラブだ、とのんきに眺めることはできなかった。なぜなら、それはどこからどう見てもともに男で、しかも小柄なほうは、郁磨もよく知る人物だったからだ。

少し遠慮がちな男に向け、余裕を見せて笑う顔、あれは——綿貫大地ではなかろうか。

その隣で、目にかかりそうな前髪の奥から、大地にせつなく、熱っぽく、真摯《しんし》なまなざしをそそぐ男の顔には、見覚えはない。同じくらいの年格好だが、大学の友人だろうか、それとも高校の？

「誰だ、おまえ……！」

そう口走って、そこで夢は終わった。


「……また、何か視《み》た？」

頬や髪を撫《な》でるやさしい手つきに、郁磨は、ふいに意識が浮上するのを感じた。ということは、眠っていたようだ。目をあけると、恋人の甘い顔が間近にあって、そう訊ねられた。

郁磨は、まだふわふわと夢見心地で訊ね返した。

「え……おれ何か言った？」

「うん。誰だおまえ、って。一瞬おれのことかと思ったけど」

「あー……うん、視たな」

郁磨は前髪をぱりぱり掻《か》きながら、むっくりと起き上がった。シャツははだけたままだったが、下半身はしまってあった。汚れもきれいになっている。汗ばんでいるのはしかたがない、あとでシャワーを浴びよう。

「何を視たの？」

「あー……」

郁磨はしばしば記憶を反芻《はんすう》した。笑う小柄な男は親友の大地だった、これは間違いない。しかしその隣の男には、まったく見覚えがなかった。誰だろう、恋人同士のようだったが、大地がつきあっている相手か？

――いや、ちがう。郁磨は否定した。自分が「視た」ということは、未来の話だ。近いうちなのか、まだ何年も先のことなのかはわからないが、これから大地がつきあうことになる相手だ。

大地に好きなやつがいたのだろうか。いつの間に？　あの親友とは何でも言い合えると思っていただけに、郁磨は、なんだか置いてけぼりをくったような、裏切られたような、それでいて喜ばしいような、複雑な気持ちになった。祝福してやらなくては、と理性ではわかっていても、感情が、納得いかないと訴えている。一言くらい打ち明けてくれたっていいのに、いやいや、まだそういう関係になっていないのだろう、でも好きなやつがいる、とくらいは……。

「郁磨」

独りでぐるぐる考えこみ始めた郁磨を、渡部が引き戻した。

「何を視たの？」

郁磨はぼそぼそと答えた。

「あ……うん。……ダチが、男とつきあうことになるみたいで……」

「綿貫？」

鋭い指摘に、ぎょっとして相手を見る。

「なんでわかった？」

渡部は肩をすくめた。

「あてずっぽうだよ」

「そ、そっか、よかった」

いやべつによかったわけではないのだが、まだ混乱が続いているようだ。

渡部はそれを見てとって、あやすように背中をとんとんとしてくれた。

「郁磨、ひとまず落ち着いて。動揺してるね？　深呼吸して、はい、吸ってー、吐いてー」

子供扱いは業腹だが、落ち着くことが先決だ。郁磨は渡部の音頭に従い、ゆっくり深呼吸した。

無心に五回ばかりもくりかえすと、ようやく頭がはっきりしてきた。

「……落ち着いた？」

「おう」

「じゃあ、話して」

あらためてそう促されると、それはそれで困った。大地が男とつきあうことになるらしい、それ以上のことはないのだ。

それでも、視た映像の内容を、ひとつひとつ思い出してみる。

「相手の男は、おれの知らないやつだった。背が…、高いみたいだった、多分おれよりちょっと高いくらいだと思う。そいつがかがみこんで、内緒話でもするみたいに大地に顔を寄せて、ほっぺたをくっつけたんだ。大地は笑ってそのしぐさを受けてた。……なんか、すげー仲よさそうじゃねえ？」

渡部は首をかしげた。

「ほっぺたを？　くっつけただけ？　唇じゃなくて？」

「う…うん」

「それほどでもないんじゃないかな。じゃれあってるだけかもしれないし」

「だって男同士でほっぺただぞ⁉」

「こんなふうに？」

渡部は、確かめるように郁磨に顔を寄せてきた。正面からだ。まるでキスするような角度で近付いてきて、すいとそれて、頬を合わせる。

郁磨は緊張に体をこわばらせていた。いまだにこのイケメンを正視するには気恥ずかしいような、てれるような思いがする。ふれるのが頬だけではなくても、最も隠されている部分までさらけだすような関係になっていても、だ。

渡部自身は、ちょっとした接触には何の頓着《とんちゃく》もないようで、どう？　などと訊ねてくる。

「べつに、なんてことないよ」

郁磨はぼそぼそと答えた。

「十分恥ずかしいだろうがよ」

「キスしたわけでもないのに？」

「キスなんかしなくたってだよ」

「キス以上のことだってしてるのに」

「だからって、ふつうここまでしねーよ。現におれは、大地とだってこんなことしたことないし」

「したことないんだ？」

渡部の声が、かすかにはずんだ。

「……なに」

「ちょっと安心した。つまり郁磨は、こういうことするのは、おれとだけなんだね？」

郁磨はかっと顔が熱くなった。

「い…っちいち確認すんなっての！　あたりまえだろ！」

ぺしんと額をはたいてやる。こんなことを誰とでもするようなノリのかるいやつだと思われるのも癪に障る。

「痛いよ、郁磨」

「もっと痛くしてやろうか」

「いやだ」

渡部は甘えるようにすり寄ってきた。

そのままきゅっと抱きしめられ、その背中にそっと腕をまわしながら、郁磨は短く息をついた。

「……よく考えたら、おれもただの友達には、そんなことしないな」

どのくらいそうしていたか、郁磨の主観ではずいぶん経《た》ったような気がしていたが、だから渡部がそう言ったとき、正直、何の話かととまどった。さっき言った、男同士で頰をくっつけることについて、らしい。

郁磨は鼻を鳴らす。

「そうだろうがよ」

「うん」

殊勝な様子に、つい笑みがこぼれる。

郁磨は、恋人の頰にそっと自分のをくっつけた。自分も、こんなことは、誰ともしないと思う。たとえ親友であってもだ。

渡部は肩に鼻先を押しつけてきた。

郁磨は笑った。

「ほんとにおまえ、ワンコみてえ」

渡部は応《こた》えた。

「郁磨が好きなら、おれはワンコでいいよ」

「こきやがれ」

梅雨時の六月、曇っていても蒸し暑い時期に、ぴったりと身を寄せ合って、それが気持ちいいと感じることがあるのだと、あの親友は知っているだろうかと、そんなことを思った。

◇◇◇

「実際、二巻もそうだけど、対話が長いんだよな。地の文が淡々と、状況描写なんてものを極端に省いてるところで、延々と二人が話すだろ」

「そうそう。そのストイックさというか、読みにくさというか、それがとっつきにくいのは確かだよ」

「だがそこがいい」

「キャラの容姿なんかに対する描写はまったくないんだよな。もうちょっと、こう、変な意味じゃないけど色気ってもんがあってもいいいんじゃないかと思うことがある」

綿貫大地が、所属するSF研究会の部室に遅れて入っていったとき、月に一度の読書会はすでに始まっていた。今回の課題図書について、七、八人のメンバーがいつものように思い思いに意見を述べている。

「おう綿貫、遅いぞー」

メンバーの一人、先輩の桐島《きりしま》が声をかけてきた。

大地はぺこりと頭を下げた。

「すんません。続けてください、適当にまざりますんで」

読書会は、このSF研究会のおもな活動だった。日本で刊行された世界中のSF小説、ジュール・ヴェルヌにH・G・ウェルズ、ブラッドベリから小松左京《こまつさきょう》から、古典と呼ばれるものももちろん、最新作も何でも読もうというのが趣旨だ。

毎週木曜日がサークル活動日と定められ、第一木曜が読書会に充てられていた。それは、一冊決めた課題図書をめいめいが読み、次の会合のときに感想や意見を論じ合うというもので、言わばテーマを決めた雑談会である。創作――一次、二次を含めた――活動は、SF愛好会というよそのサークルがやっていて、メンバーの中にはかけもちしている者もいるが、創作したいという欲求はなく、SFにつきものの少々難解な物理法則などを質問したいという文系の大地にとっては、もってこいの会なのだった。

大地は、四角く並べられた長机の、あいているところにパイプ椅子《いす》を引いてきて座った。

雑談はその間も続いている。

「しかしこれがOVAになると、原作中で言及されてるナイーブさが、違う方向に出た感じの姿なんだよな」

「ナイーブって、繊細って意味か？」

「世間知らずとか、ばか正直って意味もあるらしいぞ」

「作者はどっちの意味で使ってるんだろうなあ」

今日の課題図書は、日本の作家の作品だ。第一巻が刊行されてから、断続的にではあるものの、三十年以上雑誌に連載されているという「大物」である。アニメ化されたこともあり、嘘《うそ》か真《まこと》か、ハリウッドが実写映画化に向けて動き出したという情報もある。メンバーの中にも熱心なファンがいて、旬《しゅん》というわけではないが、語ろうと思うと時間が足りない作品だ。そのシリーズの、第一巻。

ストーリーは、ある日突然、南極に「通路」をつくって地球に攻めこんできた未知の存在と、彼らを「通路」の向こうに押し返し、彼らの惑星に土俵を移して戦う防衛軍と、そこに所属する主人公の成長の物語、といったところだ。ずば抜けた演算能力を持つ超高性能な戦闘機と、それを操る主人公の関係は、よくある「相棒」という枠からはみ出して、独特だ。

大地も、難解なそれを何とか読んだ。なかなか理解が追いつかず、アニメ作品を見れば理解の助けになるかと思ったが、そちらのストーリーは原作とは異なっていた上、エピソードや描写がはしょられまくっていたために、別物と思うしかなかった。

「綿貫はどうだ。おもしろかったか？」

ふいに、富山《とみやま》という先輩から話をふられ、大地は、バッグから取り出してぺらぺらめくっていた課題図書から視線を上げた。

「おもしろかったですよ。すげー時間かかりましたけど」

「そうかそうか。感じたことはあるか？」

「んー、そうですね……」

大地はちょっと間を置いた。

「異星体の正体が気になります」

それは、物語の中で敵として語られる、正体不明の存在だ。敵であることしかわからない、どんな姿をしているのか、「生物」なのかどうかさえ、誰も知らない。

富山は笑った。

「それはみんな気になる」

「ですよね」

同意の声がそちこちからあがる。

「プログラム言語そのものじゃないかって説があるよなあ」

「あの惑星そのものだとかな」

大地はかるく二度うなずいた。

「そういう考え方で言うなら、おれはちょっと、『異なる常識』の象徴なのかな、と思いました」

「常識？」

「そう。そもそも人間とはまったく違う存在なので、人間の常識が通用しない。攻撃してくるのだって、人間が敵を攻撃するのとは違った意味があるのかもしれない。たとえば、それは人間でもありますよね。日本じゃ子供の頭を撫でるのはふつうだけど、タイかどこかじゃ、頭には仏さまが宿るから気安く撫でたら失礼にあたる、とか。部屋にあがるのに靴を脱ぐか履いたままか、とか。そういうのに対して、やっぱり、おまえが変だと一方的に言い合うだけじゃなくて、まず同じテーブルに着くこと、そこから話し合うこと、というのを、彼らはこれからやっていくんじゃないかと」

「ほうほう、なるほど」

山口《やまぐち》という先輩がにやにやした。

「で、きみはOVAを観《み》たかね」

「観ました」

「どうだったかね」

「そうですね……。主人公の愛機の人工知能がやさしいんでびっくりしました。原作のはもっとシビアですよね？」

「ああ、主人公を射出するときに『幸運を祈る』とは言わないだろうな」

そちこちから賛同の声があがった。

「つーか、むしろ『邪魔だから出てけ』に近いよな」

「いやいや、あれは『命だけは助けてやる』って感じだったよ」

「そのへん、どうよ、西脇《にしわき》？　ロボットはおまえ、専門分野だろ？」

話をふられたほうに、大地も目を向けた。はしっこのほうに、でかい図体を小さくして――単に控えめなのかもしれないが、大地にはそう見える――もっさりした印象の学生が座っている。このSF研究会で唯一、大地と同期の、つまりぺーぺーの、メンバーだ。西脇という、さて下の名前は何といったか。彼の属する理工学部は本郷《ほんごう》にキャンパスがあり、大地ら文学部のこの神田《かんだ》キャンパスとは、あまり接点がない。

ではなぜ彼が、いくつかあるSF系サークルの中でもこんなマイナーなSF研究会――実際、本郷キャンパスにバリバリ理系のSF脳を備えた猛者たちの集うサークルもある――に入ったかといえば、一年生の一年間、一般教養科目の履修のために神田キャンパスに来ていて、サークル関係の掲示板の貼《は》り紙に気付いたのだそうだ。

ぺーぺー同士で、たまに使い走りをさせられる――人数分の飲み物を買ってこいとか――こともあるが、ひどく無口な印象があった。

でかい男、という印象もあった。座っていればそれほど気にならないが、買出しに行かされた自動販売機の前で、受け取り口に出てきたドリンクを、体を折りたたむように深くかがみこんで取り出すのを、何度も見ていた。百七十センチにぎりぎり満たない大地に比べ、視線がずいぶん上のほうにある。

しかし、バスケやバレーなどのスポーツをやっていそうという感じでないのは、何となくもさっとした見た目のせいだろうか。あまり機敏そうではないというか。眠たいクマみたいというか。

ファッションで伸ばしているわけではない、つまり単に不精して（もしくは暇がなくて）床屋に行っていないかのような髪が、目のあたりにかかっているのは、見た目の残念さに直結していた。服装も、洗濯されて清潔でありさえすれば問題ないというところで、しゃれっけがない。自分の見てくれを飾ることに注意を払わないタイプなのだろう。あるいは、おしゃれ全般に興味がないか。

理系の学生はこういうものなのかもしれない。だから文系がおしゃれかといえば、それも人それぞれだが。

その西脇は、ロボットや人工知能について、自分の知識からかいつまんで論じていた。人工知能というものは、あらかじめプログラムされたテンプレートの蓄積であること、さらに、行動する過程で学習して自らそのテンプレートを増やしてゆくこと、その点では人間の知能も差はないこと、などなど。

堂々としゃべるわけではないが、低い声は感じがよかった。無口な印象であるものの、自分の専門分野のことはよくしゃべる。ただし、自分から進んでしゃべることはほとんどないのが、無口に感じられるのだろう。

「で、西脇はこれ読んでどう思った？」

山口がそう訊ねると、ちょっと詰まったように口を閉じ、三秒くらい考えて答えた。

「……コミュニケーション論が、よくわかりませんでした」

周囲から驚きの声があがった。

「ええ？　そこ？」

「おいおい、そこはそんなに難しいこと書いてなかったろー」

からかうような笑い声が立つのも道理で、大地も、声を立てこそしなかったが目をみはった。

作中、対人スキルのなさすぎる主人公に、カウンセラーがコミュニケーションの何たるかを説くシーンがある。西脇はそのことを言っているのだろう。

このシリーズの二巻目というのは、対話に多くのページを割いている。愛機にしか興味のない主人公、他人のことなどどうでもいいと考えていた──それも無意識に──彼が、カウンセラーとの対話、同僚との対話を通して、自分と他者との関係を見つめ直してゆくのだ。

そのシーンは、確かに長かった。そして大地も一度では飲みこめなかった。二度三度とくりかえし読み重ねて、ようやく作者の言わんとするところはこうではないか、とわかってきたのだ。嚙めば嚙むほど味の出るスルメのように。

主人公の感情描写に筆を費やす作品ではなく、だからこれは大地の勝手な推測でしかないが、二言目には「それがどうした」と突き放していた主人公が、他人が自分に対して同じように「それがどうした」と返してくる可能性というものに思いいたり、それまではまったく思いもよらなかった事態にきょとんとしている様子が思い浮かんでしまって、笑ってしまった。それは彼にとって、まさに青天の霹靂《へきれき》だったろう。

そこではたと気がついた。西脇は、この作品の主人公のように、コミュニケーションというものがわかっていないのだろうか。他人とコミュニケーションをとるということがどういうものか、よくわかっていないのか？

そう考えると逆に、大地からも主人公の気持ちが追体験できた。コミュニケーションを理解できない者は、それを理解できる者の気持ちがわからない。逆もまたしかりだ。ヒトは、自分の理解できることしか理解していないのだ。理解できないものに直面したとき、とまどい、困惑し、混乱する。自分の理解が間違っているのか、そもそも、自分だとて真に理解しているのか、不安にもなる。

西脇はとつとつと話した。

「いや、コミュニケーションはわかりますけど……たぶん……。この、戦いになぞらえてるのが、どうもいまいち……」

「あー……」

山口があいまいな声をあげる。

作中、カウンセラーは主人公に対し、コミュニケーションとは戦いだ、と断じるのだ。そこからこそ和解交渉も始められるのだ、と。

「何も、最初から喧嘩《けんか》腰になる必要はないですよね…？」

自信のなさそうなしゃべり方は、先ほど人工知能について語っていたときとは別人のようだった。

専門分野以外のことをしゃべるのは苦手なのかもしれない。

山口が答えた。

「ま、いきなり喧嘩から始めるっていうのは極端だろうな。これはたぶん、あれだよ、インタビューの極意で、相手の本音を引き出したければ相手の怒るような質問をぶつけることってのがあるじゃん、ああいうことじゃないかな」

ふむ、と大地は腕組みした。それも一論だ。

富山が続けた。

「これは同じ作家の、違う作品にも出てくるテーマだが、他人が自分とは違う人間だと認識することは、高度な精神活動のなせるわざだそうだ。この主人公は、そういう意味で、愛機は自分と同じもの、自分の分身とでも考えていたのを、彼女から横面をひっぱたかれたことで、次第にそれがわかってくる。カウンセラーは、そのあたりを言葉にして主人公に説明したわけだ」

「でも、そもそも他人は他人だよな。自分と同じものとは考えないだろ？」

「そんなこと言い出したら、主人公の心情なんて理解できないじゃないか」

「まあ、特殊だってのはさんざん描写されてるけどな。そんなやつらばっかりで、この部隊ははんとにまわっていけるのか？」

「少佐が中間管理職……」

「いや、あの人が一番図太いと思う」

わいわいと思い思いの意見が出てくるのを聞きながら、大地は考えていた。

他人は自分とは違う。これは、それをあたりまえだと思っている者には、ここで主人公が何にとまどっているのかはわかりにくいのかもしれない。

主人公は、他人というものは、たとえば映画の登場人物のように、同じ世界に生きているものだという認識が薄いのかもしれない。歌にあったが、いつまで待っても来ない人は死んだ人と一緒、というように、自分には関係ないものは生きていないもの、というような考えを持っていたのかもしれない。「他人に興味がない」とは、つまりそういうことだ。何をしていようが、それは映画の中のできごと。自分には関係ない。

それはたぶん、単純に独立独歩というのとも違う気がする。「おまえはおまえ、おれはおれ」なら独立独歩だろうが、この主人公は、「おれはおれ、おまえのことなど知ったことか」なのだ。

それはとても傲慢《ごうまん》で、不遜《ふそん》だ。人間は独りでは生きていけないという考え方から、大きくはみだしている。

しかしそれと同時に、そこまで徹底的に他者をつっぱねられたら気楽だろうなあ、とも思う。友達にいたらめんどくさそうだが。

そう、友達だ。大地は、たまに人間関係のしがらみにためいきをつきたくなっても、やはり気のおけない友達とばか話をして大笑いしたり、一緒に趣味のことについてああだこうだ言い合ったりするのは楽しい。そいつが落ちこんでいれば慰めてやりたいし、それほど親しい仲でなくても、例えば電車待ちの駅で、誰かが声もなく涙をこぼしていれば、どうしたのかな、悲しいことでもあったのかな、くらいは思うし、おいしいドーナツショップの紙袋を手にうきうきしている人を見れば、うんうん幸せそうで何よりだ、とこらもにこにこしてしまう。他者の存在をまったく無視してすごすことはできない。

主人公は、どういう人間なんだろう、どういう境遇を経てそんな性格になったのか、という興味は、だから当然のように持った。残念なことに、部隊に配属される以前の出来事は、申し訳ていどにしか語られないため、想像するしかないが。

議論は続く。

「そもそもコミュニケーションてのは、相手に自分の思ってることを伝えること、だろ。言いっぱなしってのとはまた違って、それについて相手がどう思ってるかを伝えてもらうこと、でもある」

「バカだなおまえ、と言ったら相手がふざけんな、と怒ったので、ああこいつにはバカって言っちゃいけないんだと理解する」

「次回は、アホちゃうか、って言ってみよう、とかな」

笑いが起きた。

「値切り交渉ってのが一番コミュニケーションの何たるかを表してるよな。いくら？　と聞いて、一万円だと答えがある。高い、負けろ、と言うと、売り手は、いくらならいいんだ、と訊き返してくる。そこで五千円、と答える、それじゃうらが大損だ、八千円、もう一声、七千円、とやりとりして、お互いの落としどころをさぐるわけだ」

「日本人は下手だよなあ。外交なんか見てるとつくづくそう思う」

「よくも悪くも島国で、だいたい価値観が似通ってる連中しかまわりにいなかったからだろうな」

「平和でいいこった」

話が脱線するのもいつものことだ。大地は、こういうわいわいやる空気が好きだった。

「……ということだ、コミュニケーションてのは。西脇、理解できたか？」

山口がそう言って西脇に話を戻した。

西脇はちょっと口元を歪《ゆが》ませた。

「なるほど、わかりました」

その表情、謎《なぞ》がとけてすっきりした、とか、その説明に大いに納得した、というのでない、どちらかといえば、やっぱりまだわかっていないという感じのもやもやを感じさせる表情に、大地はひっかかりを覚えた。

「さて、今日はこんなところかな」

富山がぐるりとメンバーを見回した。

「あー、すいません、ひとつだけ」

大地は手をあげた。自分の知識では理解の足りないことがあったのだ。

「なんだ？」

一斉に視線が集まるのを見ながら、大地は質問した。

「最後のほうに出てくる量子論て、つまりどういうことですかね？」

すると、文系でありながら理系の脳も持っている両刀遣いでSFマニアの山口が、それはそれは嬉しそうな顔つきになった。

「それはだな――」

これは長くなりそうだ、しまった、五秒でわかるようにと注文をつけておくんだった――大地はひそかにほぞをかみつつ、山口による懇切丁寧なレクチャーを拝聴したのだった。


「おう、すっかり遅くなったな。綿貫のせいだぞ」

山口がスマートフォンの時計表示を見たときには、会が始まってから二時間が経っていた。大地は疲れ果てて答えた。

「だから、いつも言ってるじゃないですか。さくっと教えてくれたらよかったんですよ……」

山口は苦笑する。

「説明が終わるたんびに、それはどういうことだ、こういうことか、それともああか、って食い下がったのは誰だよ」

「おれでーす」

「おまえのせいじゃんか」

「だってわからないままって気になるんですもん」

「あーよしよし、かわいいやつめ」

頭をつかんでこようとする伸ばされる手を、大地はすばやく避けた。

「知ってますんで」

「おまえ……相変わらずいい性格してるね」

「それも知ってますんで」

うー、いー、と歯をむきあってじゃれる二人をよそめに、他のメンバーは撤収の準備にかかっていた。

「これからヒマあるやついるかー。メシ行くぞー」

会がおひらきになれば、お決まりの飲み会だ。ぺーぺーの大地がめでたく二十歳になったので、心おきなく飲みにも誘われる。

ちなみに、同じ学年の西脇は、一浪しているため、去年から酒に連れ出されていた。

親睦会という名の飲み会は、いつものチェーンの居酒屋と決まった。通されたのは、これもいつもと同じ、店の奥まった場所にある掘りごたつ付きの個室だ。やかましい学生の集団はここ、と決まっているのかもしれない。

ぺーぺーの大地と西脇は、ぞろぞろあがりこむ先輩のしんがりを務め、一番入り口に近いところに座る。メンバーが好き勝手に注文したいものを口にする声をとりまとめ、メモをとって店員に通すのも大地の役目だ。早く後輩がほしいものだが、若者のＳＦ離れが進んでいるのか、それとも進んでいるのは読書離れのほうか、新人は入ってこないのだった。

乾杯がすみ、冷やしトマトやらフライドポテトやらからあげやらが次々と運ばれてくる。

山口が枝豆を口に放りこみながらぼやいた。

「しかし、男ばっかりでわびしいよなあ。うちにもかわいい女子入らないかな」

「こんなむさくるしい野郎ばっかりのSFサークルに入ってくる命知らずの女子はいないだろー」

「そんなことない、むさくるしくない男子だっているじゃないか。富山とか、宮城《みしぎ》とか、綿貫とか」

その三人は、この同好会の中では整った容姿を持っていた。大地自身は自分の顔、男らしいというよりもかわいいと評される貌《かお》にさほど価値があるとは思っていなかったが、宮城はイケメンだし、富山もハンサムだ。しかし、そのどちらもつきあっている女子はいなかった。

もちろん大地もだ。言われるほどモテるわけではない。

「宮城は、黙ってりゃイケメンなんだけどなー。おまえは筋金入りのオタクだからなあ」

宮城は肩をすくめた。

「女子に自慢のコレクション見せると、大抵みんな引くんだよねー」

宮城のコレクションは、ロボットアニメのプラモデルだ。バイト代のすべてをつぎこむ、彼の宝物である。

「すげえよくできてるのにな。ジオラマとか」

「女にはあのかっこよさがわからないんだよ……」

「富山はどうよ」

肘《ひじ》で小突かれた当人は、ビールの泡をつけた口元で苦笑した。

「さあね？」

「こういうやつがこそっと彼女つくってたりするんだよなあ」

「つーか、しれっと二股《ふたまた》とかかけてそうだよな」

「ああ、わかるわかる」

「ひどいな。そんな不実なことしないよ」

そう笑う顔は確かに端整で、穏やかで、やさしげだ。とりわけ長身というわけではないが、ほどよい筋肉のついたプロポーションは、バランスがとれている。隙《すき》あらばちんまい新入りをもみくちゃにしてかわいがってやろうというメンバーの魔の手から、いつも大地を守ってくれる、いい人だった。

しかし、しらりとすまして内面を読ませないという点で、二股をかけそうだというのも、確かにうなずけた。誠実でないという意味でなく、上手に嘘をつきそうだ、という意味で。

もしかしたらこの人は、自分自身にさえ嘘をつき通すかもしれない。

「西脇、おまえはどうだ？」

話を振られ、お通しをつついていた西脇は、驚いたように背筋を伸ばし、次いで縮こまるようにまた背中をまるめた。

「いや…おれは……」

「なんだ、おまえも女っ気なしか。寂しいなー」

「つきあったことくらいあるんだろ？」

「はあ……それはまあ……」

「なんだ、まじか⁉」

「くそう……隠れリア充め……」

非モテ男たちの、多分にやっかみをこめた質問が次々投げかけられる。

「大学でか？　それとも高校んとき？」

「高校です」

「おまえからコクったのか？」

「いや…向こうから……」

「ああ、だろうな」

「今も続いてんのか？」

「いや、別れました」

「何で？」

「何で……？」

西脇は、自分のことながら首をひねり、真顔で考えこんでいた。

三秒。……さらに五秒。

西脇の隣にいた奈良《なら》が、肩をぽんとたたいた。

「ノリの悪さにふられたんだな」

「奈良、おまえも何気にひどいな」

西脇のほうがすまなそうに肩を縮めた。

「すんません……」

「いや、そこは謝るところじゃないぞー西脇ー」

山口が奈良をたしなめた。

「奈良、おまえね、自分が非リアだからって人も同じと思うなよ？」

「そういうおまえは彼女いたことあんのかよ」

「彼女いない歴イコール年齢でーす」

「みんなそんなもんだろー」

周囲から寂しい笑いがもれた。

しかし、何だかんだ言ってもみんな楽しそうなのはいいことだ。大地はオレンジハイを飲んだ。

「そういや、ゼミのダチでさ――」

宮城が口を切ったことで話題は移り、隣の西脇が、どことなくほっとしたような気配があった。

大地は話しかけてみた。

「おまえさ、いやないじられ方はいやだって、言ったほういいぞ」

西脇は、びっくりした顔で大地を見た。

一応同学年とはいえ、年下に違いはないので生意気かとも思ったが、まっすぐ目を見て言う。

「さっきのコミュニケーション論のときもそうだけど、その内容にも関係あることだけど、適当なあいづち打って流すのも、とりあえず謝っとけば波風立たずにすむっていうのも、コミュニケーションとったとは言わないからな」

西脇は変わらず驚いた表情のまま大地を見つめていた。固まっているのかもしれない。話が突飛《とっぴ》すぎたか？

「だからさ、黙っていじられてることないぞって言ってんの。いやって言ってやれば？　殴られやしないよ、おれなんかしょっちゅう言ってるし」

「ああ、それは、わかる。……悪かった、気を遣わせて」

「おれにも謝らなくていいぞ」

「ああ、すまない。……あ」

西脇は気付いて、苦笑した。

大地もつられて笑った。

西脇は短く息をついた。

「おれはおまえみたいに、当意即妙な受け答えができるわけじゃないし……考え考えしゃべってると、タイミングを逃すんだ。それで、シカトしてるとかスカしてるとか誤解されるから……」

「自衛手段てわけか」

「…まあ、そんな感じ…か……？」

「おれに訊くな」

大地はおかしくなって笑ってしまった。

西脇は小鼻をこする。

「おれは…、どうも他人と話すのが苦手だ。世界六十億の人間の中から、たまたま席が隣になったってだけでも奇跡的な確率なのに、そいつから訊ねられたことにうまく答えられず、考えこむばっかりで、ようやく答えようとしたときには、相手は失望して、興味をよそに移してる」

「……いや、六十億はさすがに数えすぎじゃないか？」

大地は小声でつっこんだ。それは、世界規模の確率だ。

「そうか？」

西脇が真顔なのを見ると、本気でそう考えているらしい。まあ、自分が世界中のどの国でもなく日本に生まれたことも、その確率のうちに入るのかもしれないが。

「え、でも、読書会の最中、ロボットについてつらつらしゃべってたじゃん。おれ、珍しくしゃべってんなーと思ったけど」

「あれは、知ってることだからな」

「……というと？」

「自分の中にある知識は、取り出すのに苦労しないだろう。そこに在るものだから」

　こともなげなせりふに、大地は目をしばたたいた。

「……そういうもん？　自分の気持ちだって同じことだろ？」

「自分の気持ちは……」

　そこで西脇はまた考えこんだ。

　大地は答えを待った。

「……」

「……」

「……うまく、言い表せない」

　西脇はすまなそうに肩を縮めている。

　大地は苦笑した。どこまでも不器用に、まじめなやつだ。

　しかしこれで、西脇の無口がちな理由がわかった。誠実に答えようとすると間があいてしまい、間をとらないようにすると適当に応じるしかないわけだ。すべてのものがテンポアップしている昨今、生きにくそうだと思う。

　だが、苦手だからといって、逃げてばかりいるわけにもいかない。人は、ロボットだけ相手にしていればいいというものではないのだ。西脇はそれをよくわかっていた。

「もう少しうまく、他人とコミュニケーションをとれればいいなとは思うよ」

大地はフライドポテトをかじりつつアドバイスした。

「それは練習するしかないんじゃないかな。今日の課題図書でも、カウンセラーが言ってたろ、コミュニケーションは戦いだって。それがわからなかったおまえは、やっぱり、主人公と同じように、これまで他人と戦ってこなかったんだ」

西脇は、ううむと唸って腕組みをした。

大地は背中をばしばしたたいてやった。

「じゃあこれから、実戦経験を積んでレベルアップしてけばいいだろ。つきあってやるよ」

すると西脇は、また驚いた顔でこちらを見た。

大地は鼻を鳴らした。

「なんか、いちいち驚かれると、こっちが驚くんだけど。そんなに変なこと言ったか？」

「いや…、……」

西脇は慌てたように、急いで自分の中の言葉を探し始めた。

「…今まで、そんなふうに言ってくれたやつはいなかったから。……初めてだ」

「ふうん？」

「がんばるよ」

そうしてはにかみがちな笑みを向けてきたので、大地のほうがてれてしまった。

「おう、がんばれ」

二人は乾杯した。

「で、高校のときの彼女と別れた理由は何なんだ？」

「ああ…それは……」

と西脇は口を開いたが、すぐに閉じて考えこんだ。

大地のほうが不安になった。この沈黙は、答えたくないのか、答えが見つからないのか、どっちだ？

「答えたくないならそう言っていいからな」

「いや、大丈夫だ。……たぶん」

ということは、答えるつもりはあるのだ。

大地は、彼の頭の中で答えがまとまるのを待つことにした。お通しをつつき、フライドポテトをつまみ、からあげをかじる。ついでに、考えこんで手もとまっている隣の男の取り皿にも、適当に見繕って取り分けてやった。

西脇はやっと答えた。

「理由らしい理由は何も言わなかったが……彼女が退屈だったんじゃないか」

大地はサラダのトマトを飲みこんで訊ねた。

「向こうからコクってきたのに？」

西脇はまたちょっと考える。

「つきあってみたら感じが違ったっていうのもあるだろうし……話が合わないってこともあっただろうし……」

ひとつひとつ過去の記憶をたどっているらしく、西脇のしゃべるペースはゆっくりだ。

「デートとかしなかったのか？」

「したことはあるが……」

西脇は思い出を探っているようだ。大地はその間、手羽揚げに手を伸ばした。

「おれは一生懸命話してたつもりだったんだが、彼女はあまり興味がないみたいだった」

「ふーん……？」

確かに、趣味がかぶらないというのは、つきあいをさまたげるかもしれない。

「……たぶん、彼女は物理のできる男と仲よくしたかった…んじゃないかな。よく宿題を教えてくれとせがまれた」

大地は顔をしかめた。

「おまえ、それは利用されたんだ」

「そう…なのかな……？」

「そーだよ！」

西脇がおっとり型で何も言わないのをいいことに、ひどい女だ。

「まあ飲め」

「……ああ」

大地がオレンジジハイのジョッキをとると、西脇もつられたように自分のグレープフルーツハイのをとった。が、それはほとんど氷ばかりだ。

「なんだ、酒ないじゃん。おかわりは？」

「ああ…じゃあ同じのを」

大地はメニューをとった。

「飲み物追加する人ー」

注文をつのると、

「おう、こっちハイボールな」

「あ、おれもー」

「おれウーロンハイ」

「ビールもう一本。あと焼き鳥盛り合わせなー、タレで！」

「ホッケと卵焼き頼むわ」

先輩たちの声がいっせいに大地に向けられた。大地はその注文をとりまとめるのに忙しくなった。

だから、

「……いいやつだな」

と西脇が呟《つぶや》いたのは、よく聞こえなかった。

「あ、ごめん。何だって？　何食う？」

「いや……」

西脇は小鼻をこすった
大地は首をかしげた。

「何だよ、食いたいものあったら言ったほうが得だぜ、どうせ割り勘なんだし」

「そうだな。じゃあ……揚げだし豆腐とマグロほほステーキ」

「あ、マグロステーキうまそう。味見させて」

「ああ」

無口でとっつきにくいと思っていた相手が、想像していたより話しやすいと知って、大地はあらたな発見をした気分だった。

◇　◇　◇

そんなことがあった、翌日のことだ。教務課の掲示板の前で、大地は腕組みをした。視線の先には一枚の貼り紙がある。教授急病による、四限の休講を告げるものだ。

五限の講義さえなければ、ラッキーとばかりに帰ってしまってもよいのだが、そうもいかない。いっそ五限を自主休講にしてしまえという連中もいるだろうが、大地にはそういうまねはできない。授業料を払いながら、なんでその金をみすみす捨てなければならないのか。

ぽこっとあいてしまった時間に、さて、図書室で本でも読むか、古書店街でも冷やかすかと思案していると、呼びかける声があった。

「大地！」

郁磨だった。

大地は片手をあげた。

「おう、四限の川島《かわしま》教授、急性腸炎で休みだってさ。見た？」

「見た。ちょっと話があるんだ、学食にでも行かないか？」

「べつにいいけど」

答えながら大地は、内心で首をひねりたい思いだった。郁磨の様子は、どことなくぎこちない。これは言いにくいことを抱えているか、相談でもあるかという顔つきだ。

「何かあったのか？」

先回りして訊ねると、ん、とか、おう、とかいうような声を出した。そわそわしているような感じもある。

これは、最近できた同性の恋人とのアレやコレやを聞かされるかもしれない。大地はひそかに覚悟し、先に立って学食へ向かう親友のあとを追った。


昼食時は戦場のように混雑する学食も、午後三時ともなれば、利用者もまばらだ。講義の谷間に息抜きする者、コーヒーを片手に課題を片付ける者、それらが、整然と並べられたテーブルに、ぽつぽつとついていている。

郁磨は、入り口から奥のほうに進み、あたりを見回して、どの先客からも十分に距離を置いたと確認してから、椅子にバッグを置いた。

念の入ったことだ。大地はいよいよ覚悟した。どんなことを聞かされようと――たとえそれが恋人との昨夜のプレイの内容だったとしても――平常心だ。

「コーヒーか何か飲むか？」

「……プリン」

「わかった」

郁磨はプリンと、おそらくは自分のために飲み物を調達しにいった。

その後ろ姿を見やり、大地は苦笑した。なんだかなあ、と思う。

竹之内《たけのうち》郁磨とは、中学のときからのつきあいだ。高校はべつべつの学校に進んだが、大学は偶然同じところを志望した。気が合って、うまが合って、何でもぽんぽん言い合える。

それまでも仲のいい友達だったが、決定的に結びつけたのは、郁磨が自分に備わったふしぎな能力について、打ち明けてくれたことだろう。

あれは中学二年になる前の、春休みのことだった。何かのはずみに、未来が視えることがある――郁磨は、うつむきがちにそう言った。誰にも話したことはない、とも。

なんでおれに話したんだ、と訊ねると、おまえなら、まじめに聞いてくれそうだと思ったからかな、と殊勝な顔つきで答えた。つまり自分は、郁磨に見こまれたのだ。

それほど信頼されていることは正直嬉しく、また、その信頼に応えなくてはならないとも思った。つまり、大地のほうでも、それくらい大事な友人だと思ったのだ。

以来、じゃれ合ったり小突き合ったり、時に厳しいことも言い合い、信頼と理解を深めながら、現在に至る。

「お待たせ」

郁磨が戻ってきた。差し出されたのは、大地の好きな焼きプリンだ。

「ごち？」

にやりとして訊ねると、親友は口をへの字に曲げ、次いで苦笑した。

「……まあ、いいよ」

「やりー。ありがとな」

大地は早速フタのシールをはがす。キツネ色の、ちりちりした焼き目にスプーンを入れると、その下から濃いクリーム色のプリンが現れるのは、いつ見てもおいしそうでわくわくする。とろとろすぎず、もちろん固すぎもせず、口当たりはあくまでなめらか。購買のデザートの中では、この焼きプリンが一番おいしいと思う。

口に入れたとたんに広がるバニラの香りとほどよい甘み、カラメルソースのほろ苦さに至福のひとときを味わっていると、郁磨は、それを見届けて——まるで、一口でも食べた以上は逃がさない、とでも言うように——話を切り出した。

「大地、おまえ、今、つきあってるやつはいるか？」

大地はきょとんとした。

「いないよ」

そんなことは、しょっちゅうつるんでるこの友人なら承知のことだと思っていたが。

郁磨は重ねて訊ねる。

「好きなやつは？」

「それもいないなあ。なんだ？　橋渡しでも頼まれたか？」

そう水を向けたのは、以前も一度、大地に想いを寄せたらしい女子から、郁磨を通じて探りが入ったことがあったからだ。

郁磨は首を振った。

「いや、そんなんじゃねえけど」

歯切れ悪く言って、郁磨は思い出したように缶コーヒーのプルタブを引いた。ペキャッ、とまぬけな音がした。

「じゃあ何だよ？」

「ああ、その……な」

あー、とか、うー、とか唸りながら、郁磨は前髪をぱりぱりと掻いた。

大地はじれったくなった。

「竹之内郁磨、しゃっきりしやがれ！　男だろ！」

それほど大声ではなかったが、腹に力のこもった一喝が、ぴりっと空気をふるわせた。あちこちのテーブルから何事かという視線を向けられたが、知ったことではない。

郁磨は反射的に、それこそ雷に打たれたように背筋を伸ばした。

「何が言いたいんだよ？　言いにくそうなのはわかったけど、いつまでもうだうだされてんのもいらいらする」

「ああ、そうだよな」

郁磨はうなずき、深呼吸をひとつして、覚悟を決めたように大地を見た。

「昨日、視た、んだけど」

大地は、にんまりしてしまったかもしれない。

「ふうん？　何してるとき？」

すると、嘘のつけない親友は、顔を赤らめた。

「べ、べつに、何してるときとか、そういうことは関係ないんだよ」

「へー」

「なんだよ、その疑いの目。おれが何してたとか、それはこの場合、問題じゃないだろ」

語るに落ちたとはこのことだ。大地はおかしくなった。

ふしぎな能力を持つこの親友が、ちょっとした未来を視るのは、脳内麻薬が出ているときらしい。それはつまり、気持ちいいとき、満たされているとき、幸福を感じているときだ。

それに最初に気付いたのは、今はこの親友の恋人となった男、渡部克彦だった。彼は自分の寿命知りたさに郁磨に近付き、どうやったら「視える」のか、これまでの例を聞くうちに、脳内麻薬とともに発動するのでは、という推測を持つにいたったそうだ。

脳内麻薬といえば、ランナーズ・ハイか、好きなことに没頭しているときに出るものかと思ったら、甘いものを食べていても湧《わ》いてくるらしい。自分に郁磨と同じ能力があったら、プリンを食べれば一発かも、と思う。

当の郁磨はといえば、なかなか出なかったくしゃみや、口に出そうで出てこないものの名前、そういうものがぽんと飛び出たときに発動することが多かったらしいが、最近は、もっとコントロールできるもので出せるようになった。それが、恋人との「気持ちいいこと」なのは、幸せで何よりだ。

「で、何を視たって？」

まだごにょごにょと言い訳をしている郁磨に水を向けてやると、本題を思い出したように、まっすぐ見つめてきた。

これはシリアスだ。大地は、つきあいの深い親友の表情に、それを感じた。

急に胸騒ぎがした。何かの予感に、胸がざわざわする。これは不安か、それとも期待か？

口をひらきかける郁磨に、大地は制止の意をこめててのひらをつきだした。

「ちょっと待った、もしかして、悪い話か？」

郁磨はきょとんとする。

「悪い話…？　ああ、いや、そういう意味では、悪いことじゃない……と思う」

「はっきりしないな。いい話でもないってことか？」

「……どっちかといえばいい話だとは思うが、どうかな」

「それじゃわかんねーって」

大地はプリンを口に運ぶ。

郁磨は顔をしかめる。

「難しい話なんだよ」

「だったら、さっさと話せよ」

テーブルの下でかるく膝《ひざ》をぶつけて促すと、郁磨は肚《はら》を据えたように、いっそおごそかともとれる口ぶりで告げた。

「おまえが、男とつきあってるのを、視た」

それは、大地としても予想だにしていなかった言葉だった。

「……はあ？」

と、思い切りうさんくさそうな、疑わしげな表情になってしまっただろうと思う。

男とつきあう。誰が。自分が？　そんなばかな。

いくら百発百中の郁磨の予知でも、そればかりは信じられない。何かの間違い、最初にして唯一のハズレ、ただのとち狂った夢ではないかとさえ思う。

「おまえ、自分がハニーとラブラブだからって、人まで同じと決めつけてるんじゃないのか」

郁磨は眉を寄せた。

「おれだってあいつとつきあうまでは、まさか自分が、と思ってたよ」

「ああ、それもそうか」

大地は素直にうなずいた。この親友が、渡部とできてしまうまで、同性に興味などなかったのはよく知っている。

それにしても、だ。にわかには信じがたい。今のところ、男どころか、女にさえ心惹《ひ》かれる相手はいないというのに。大地は、それが実現する可能性を慎重に検討し、結論が出たところで、プリンのひとさじを口に入れた。

「……夢でも見たんじゃねえの？」

郁磨はためいきをついた。

「それだったらかまわねえんだけど。でも、なんか、こう……」

曰《いわ》く言いがたい顔つきで何やら説明しようとする親友の苦悩の面持ちに、そんな場合ではないのに、思わず噴き出してしまった。

「笑うなっての！」

「だっておまえ、すげー顔してるんだもん」

「人の気も知らないで……！」

「現実味がないからなあ」

ぽりぽりとこめかみを搔く。

「だいたい、おれが男とつきあうって、どんな状態のところを視たんだ？　相手は誰かわかるのか？」

郁磨はちょっと気恥ずかしそうにした。

「あー、相手は誰か、おれは知らない。背の高いやつだったのはわかる。手をつないで、その背の高いやつがおまえのほうにかがんで、こう……」

郁磨は顔の横にあげたてのひらに頰を持ってゆき、

「ぴたって、ほっぺた同士、くっつけてた。おまえは屈託なく笑ってた」

「はー……」

大地は気のない声をあげた。

「それだけか？」

「それだけって？」

「ちゅーするとか」

「視てねえよ、んなもん！」

郁磨は慌てて否定する。

「でも、ほっぺたくっつけただけでつきあってるってのは、ちょっと根拠が弱くないか？」

「あー、それは、渡部にも指摘されたけど……」

「されたんだ」

大地はにやにやした。

「なんだよ」

郁磨は口をへの字にする。

「いーや」

「べつに、相談するくらいいいだろ、ちょうど手近にいたし……いきなりおまえに訊くにはおれも動揺してたし……」

やっぱりそばにいたんだ、とは、言わないでおいた。

「はいはい、心配してくれてサンキュ」

「いや、心配ってわけでもなくて……。なんていうか、もし悩みでもできたら、聞くぞ、という、おれ側の覚悟みたいのをだな」

「うん。だからサンキュ」

「……べつに、かまわないんだよ、そういうことは、長いつきあいだし」

「郁磨、いいやつだなあ」

髪をわしわしとかきまぜると、親友は、犬が水を振り飛ばすみたいにぶんぶんと首を振る。

「だーっ！　茶化《ちゃか》すな！」

逃げてゆく頭を、それ以上追い回すことはせず、大地は言った。

「マジで答えると、おれは、おまえの予知は信用してるし、かなり精度が高いのも認める。もしおれが男を好きになっても相談に乗ってくれるってこともありがたい。でも、だからって、誰かとつきあうとか、そういうメンタル要素の強いできごとに関して、こうなるとかああなるとか、誰に告白されるとか誰とくっつくとか、予知に左右されるなんてまっぴらだ」

その口調があまりに硬く響いたか、郁磨は姿勢を正した。

「あ、そりゃそうだよ。もちろん、そういうのはおまえの意志に従うべきだよ。おれの視たことなんて気にすることじゃない」

「サンキュ」

大地はにこりとした。

それにしても、自分が男とつきあうとは。

腕組みして、その可能性というものを考えてみる。

恋とは、好きになってしまったが最後、性別など関係なくなってしまうものなのだろう、とは、理解できる。目の前の親友だって、最初から男が好きだったわけではないのだ。

そこで大地は、かねてから疑問に思っていたことを、この際思い切ってぶつけてみた。

「郁磨」

「おう」

「おまえ、渡部のどこが好きになったの？」

「お…おう？」

郁磨はうろたえて、缶コーヒーの飲み口に歯をぶつけた。

「だってあいつ、おまえが好きな女の子のタイプとは全然違うじゃん。そもそも男だし」

「ああ……あああ……？」

郁磨は眉を寄せ、そのしわの寄っているあたりに指先を当てた。

沈思黙考すること、約一分。

郁磨の口から出た結論は。

「……なんでだろうな」

大地は目をむいた。

「おま…そんないいかげんな気持ちでつきあってるのかよ」

男の純情を踏みにじる言いぐさだ。渡部が聞いたら何と言うだろう。

郁磨は前髪をぱりぱりと掻く。

「いや、なんていうのか……こう、な？　入り口が吊《つ》り橋効果みたいなもんだったから、ほんとにそういう意味で好きなのかどうかってわからねえけど」

大地はためいきをついた。ますます渡部が気の毒になってきた。

ところが郁磨は、大地の気も知らぬげに続ける。

「――けど、ただ、あいつがそばにいると、ドキドキするんだ。あいつが機嫌よく笑ってりゃこっちも嬉しいし、すかしたツラして案外甘いものも好きだって知ったときはかわいいなと思ったし、そのくせ酒はザルだし、何でも器用にこなすのにシャツの右袖《みぎそで》のボタンとめるのは時間がかかるとか、そういうのを知ると、なんかこのあたりが」

と自分の心臓のあたりをかるく握った拳《こぶし》でとんとんとたたき、

「ほっこりするって言うか……あー、自分でもよくわかんねー」

聞きようによっては盛大にのろけた親友は、急に恥ずかしくなってきたように、両手で髪をかきまわした。

「何言ってんだおれ……」

郁磨はその肩をぽんとたたいた。

「きみが彼を愛してるのはよくわかった」

「はあ!?　こっぱずかしいこと言うなよ！」

「いやいや」

大地はほほえましくなった。親友の気持ちは、まぎれもなく、巷《ちまた》で言うところの恋の諸症状だ。

郁磨は真っ赤になって反論した。

「まるきりひとごとだと思って余裕ぶっこいてるけどな、おまえだって、ある日突然、崖《がけ》の上から背中どつき飛ばされるようにして恋に落ちるんだからな！　覚悟しとけよ！」

「はいはい、貴重な忠告サンキュ」

大地は笑いながら、プリンの最後のひとくちを食べた。

ごちそうさま、だ。


休講の一時間半は、二十歳男子の恋バナには十分な時間だった。大地は二個めのプリンを、これは自腹で買った。

「実際問題さ」

と、郁磨も二本目の缶コーヒーを飲みながら言う。

「好きって、どういうことだろうな。女の子相手だったら、ぶっちゃけ、やりたいってのもあるだろ」

「あー、まあ、本能的にね。男のサガでね」

「でも、やれりゃいいってだけじゃないだろ」

「そりゃあね。人間はケダモノじゃない、理性の生き物だからね」

「……あいつは、おれの何が好きになったんだろう……」

真顔で考えこむ親友に、大地はスプーンをくわえる。

「本人に訊いてみれば？　丁寧に説明してくれるんじゃねえの？」

「あいつの場合、しゃれになんねえよ。平気でおれのことかわいいとかぬかすんだぜ？」

「へー」

大地はにやにやした。

「へー、じゃねえよ！　ヤローにかわいいって、アリか!?　ふつうないだろ!?」

理解しがたいという口ぶりで言い募る郁磨に、大地はスプーンを突きつけた。

「さっき、おまえも言ったけどね。渡部のこと。かわいいって」

「んなこと言って――」

反論に押しかぶせるように断言する。

「言ったよ。器用なのにシャツの右袖のボタンをとめられないのがかわいいって」

ずばりと指摘してやると、思い出したようだ。ぱりぱりと髪を掻く。

「……言ったな」

大地は噴き出した。

「案外、そういうことなんじゃねえの。渡部も、おまえもさ」

「そう…なのかな……？」

「そーだよ。自覚しろよ、のろけやがって」

「のろけてなんか――」

「恋人との間に起きた、他人からすりゃつまんねーことを楽しそうに話すことを、のろけるって言うんだよ」

大地はべーと舌を出した。聞かされるこっちのほうがてれてしまう。プリンをもう一個おごらせればよかった。

郁磨は反論できないようだ。うー、と唸っている。

「……じゃあ、あれだ、おまえに恋人ができたときは、おれがのろけを聞いてやるよ」

「いらねーよ」

「わからないぞ、あるとき突然、おまえをかわいいって言い出すやつが出てくるかもしれねえし」

「そんなやつがいたら張り倒してやる」

ビシリと言ってやると、郁磨は首をすくめた。

「おまえ、かわいいって言われるの嫌いだもんなあ」

「おうよ。悪かったな女顔で、ってなもんだ」

「あながち、顔立ちだけのことじゃないんだけどな……まあその気持ちもわかる。おれも渡部に言われたときは、反発のほうが先に立ったし」

「それを愛で乗り越えたんだね、郁磨くん」

「だからちげーって」

じゃれあっているうちに、四限終了の鐘が鳴った。次の講義に出席すべく、大地は郁磨とともに食堂をあとにした。

そのときには、恋人とラブラブの親友を冷やかしたという記憶だけで、男の恋人ができるという、これから自分に訪れるかもしれない未来のことは、ほとんど意識から抜け落ちていた。

◇　◇　◇

翌週木曜、午後六時――。

五限の講義はまだ続いている時間だったが、大地は、教授が早めに切り上げたせいで放課となっていた。ＳＦ研究会の部室を訪ねると、すでに富山、山口、奈良の三人の三年生がいた。読書会でもないただの活動日は、だいたいこんなものだ。大地自身も、来たり来なかったりということはよくある。

「ちわっす」

「よう」

「お、珍しく来たな。感心感心」

「山口さんこそ、ヒマなんすね」

「おまえほんとにかわいい性格してるね！　このツンデレめ！」

「デレてませんし」

うー、いー、と相変わらずじゃれるのを、二人の先輩はいつものことと気にしない。

大地はカバンから文庫本を取り出した。

「富山さん、借りてた本、ありがとうございました」

富山は読んでいたハードカバーから顔を上げた。

「もう読んだのか。早いな」

「おもしろくて、さくさく読んじゃいました。ありがとうございます」

それは、先週の課題図書だった作品の、同じ作者の違うシリーズだ。

「テイストが全然ちがうからびっくりですよ。これ、続きあるんですよね？」

「ああ、また来週持ってこようか。夏休みに入るから、残り全部持ってきても平気か？」

「……何冊あります？」

「五冊かな」

大地は答えに詰まった。文庫本とはいえ、五冊はちょっと重い。

「……二冊でいいでーす」

というか二冊にしてくださいお願いします、の意をこめ、両手を組み合わせるお願いポーズで見つめると、富山は笑った。

「じゃあそうしよう」

「ありがとうございます！　富山さんいい人……！」

「おーおー、すっかり手なずけられて」

と山口が茶々を入れた。

大地はふふんと笑った。

「だって誰かさんより親切ですもん」

「誰かさんって、誰だ」

「山口さんとは言ってませんけどね」

うー、いー、とまたじゃれあっているところへ、思い出したように奈良が言った。

「あ、そうだ。これバイト先でもらったんだけど、興味あるやついねえ？　科学博の招待券」

財布からぴらりとはためかせたのは、恐竜展の無料入場券だ。

大地は興味をそそられた。恐竜展は、郁磨と渡部が観にいって、おもしろかったと言っていた。貴重な、大型恐竜のほぼ完全な骨格が海外から出展されているそうだ。もし引き取り手が見つからないようなら、ぜひ行きたい。

「一枚か？」

「一枚で二名さままで入場可だと」

山口が受け取った。

「おれ恐竜は興味ないからなあ。富山、おまえは？」

チケットは富山にまわされる。

「いつまで？　……なんだ、次の日曜までじゃないか。じゃあだめだ。バイトが入ってる」

大地は内心でガッツポーズを決めた。

チケットがまわってきた。念のため確認する。

「おれがもらっちゃってもいいんです？　他の人を待って——」

「いいよ、こういうのは早いモン勝ちだ。持ってけ」

奈良のお許しが出た。

「わー、ありがとうございます！」

富山がちょっとつまらなそうにした。

「残念……せっかく綿貫とデートできるチャンスだったのにな」

冗談か本気か、そんなことを言う富山に、大地はにっこりした。

「また誘ってくださいー」

それにしても、一枚で二名まで可ということは、一人で行くのはもったいないような気がする。誰か来たら誘ってみようか、と考えているところへ、ドアがあけられた。

「……ちわ。どうも」

控えめな挨拶だが、四人しかいない中ではちゃんと聞こえる。西脇だ。

大地は声をかけた。

「なあ西脇、奈良さんから恐竜展のチケットもらったんだけど、一緒に行かねえ？」

「恐竜展？」

心なしか、声がはずんだような気がした。

「恐竜好き？」

「……好きだ」

「日曜あいてる？　土曜でもいいけど」

「日曜…のが、あいてる」

「んじゃ日曜で決まり。午前？　午後？」

「午前がいい…、たっぷり見られる」

「あー、なるほどね」

ぽんぽんとやりとりしつつ――もっとも、ぽんぽん言うのはもっぱら大地で、それに西脇が置いていかれまいと必死に返事をするようなありさまだったが――待ち合わせ時間と場所まで決めて、ついでに携帯電話のナンバーと、メールアドレスの交換もした。

「これでよし、と」

大地がケータイから顔を上げると、三人の先輩が三人とも、自分を見つめていることに気がついた。もの珍しそうな、一種異様なものを見るような眼《め》だ。

「……なんすか？」

奈良が言った。

「いや、西脇がそんだけしゃべってるのって、初めて見た気がしてな」

山口も意外そうだ。

「おまえらいつの間にそんなに仲よくなったの？」

大地は笑った。

「やだなあ、もとからじゃないですかー。貴重な同期ですし。茶くみ坊主ですし」

「うさんくせえ……」

「失礼なこと言わないでください。虐げられてるぺーぺー同士、結束してるんです」

「うそつきは閻魔《えんま》さまに舌抜かれるぞ！」

「山口さん気をつけたほうがいいですよ！」

うー、いー、と相も変わらずやりあっていると、富山がさらっと言った。

「まあ、綿貫は人なつっこいし、面倒見《めんどうみ》もいいからな。こんな小さなサークル内でいがみあうよりよっぽどいい」

「……富山、それはさりげなく綿貫とおれのこと言ってんのか」

「何ねぼけてるんだ、綿貫とおまえはじゃれあってるだけだろう」

「……いや、あんまり真顔で言われると全力で否定したくなるっていうか……」

「ヒドイ山口さん、アタシとのことは遊びだったのね…！」

「おめーもまぜっかえすんじゃねーよ綿貫！」

結論としては、じゃれあっているわけだが。

やれやれ、とあきれ顔の先輩二人のかたわらで、西脇がくすぐったそうな笑みに口元がゆるみそうになるのを懸命に引き締めていたことに、大地は気付かなかったのだった。


部室から出ると、ちょうど階段をおりてきた顔に出会った。大地は声をかけた。

「おう、郁磨！」

竹之内郁磨だった。むこうも大地に気付いて近寄ってくる。

「なんだ、おまえ今帰り？」

「ああ、図書室で調べものしてて。おまえ――は、今日はサークルか」

「ああ」

郁磨が、大地の背後にたたずむ男に気付いた。

「あ――どうも」

大地が紹介した。

「西脇、こいつおれの友達で、竹之内郁磨な。こっち、理工の西脇。西脇――下の名前なんだっけ？」

西脇は答えた。

「智則《とものり》」

「そう、西脇智則。サークル仲間で、うちのサークルでは貴重な同期だよ」

郁磨は目をみはった。

「理工？　すげえな、左利き？」

「いや、右だ」

「あ、やっぱ理系って左利きばっかりってわけじゃないんだな」

大地は笑った。

「当たり前だろうがよ。おまえそれって偏見」

「悪い」

郁磨はまだまじまじと西脇を見ている。

「タッパ、けっこうあるな。渡部と同じくらい？」

「ああ、そうかも」

大地は西脇を見上げ、その角度で見当をつけた。渡部が百八十二センチだというから、同じくらいあるだろう。自分とは十センチ以上差がある。

郁磨が笑う。

「気をつけないと、おまえ、隠れて見えなくなるぜ」

「うるせえよ」

大地は蹴《け》るまねをした。

「金魚のフンはちっこいほうがそう呼ばれ――」

「だからうるせえっての！　日本には『ウドの大木』とか『大男総身に知恵がまわりかね』って言い回しがあるんだよ！」

郁磨も蹴り返してきた。

「それ、おまえのほうが失礼すぎ！」

大地は思わず西脇をかえりみた。郁磨も見ている。

西脇は困惑を眉宇にうかべた。

「……なぜおれを見る」

「いや、何でもない」

大地は郁磨と二人して慌てて視線をそらせた。気がつかなかったのなら、わざわざ言う必要はない。

郁磨が腕時計を見やった。

「あ、やばい、おれこれからバイトだ」

大地はひらひらと手を振った。

「おう、行ってらー。がんばれよ」

「ありがとよー。じゃあな、西脇。大地をよろしく」

「おまえはオカンか」

言いたい放題に言い合って、郁磨は足早に出ていった。

西脇が、大きく息を吐いた。ためいきというよりは、緊張に詰めていた息をようやく吐き出した、という風情だった。

大地は訊いてみた。

「……西脇、人見知りするたち？」

西脇は首をひねる。

「べつに、そういうわけじゃないが……。二人とも、けっこうずけずけ言っただろう。あれでケンカにならないのか？」

どうやら、それを心配してくれたらしい。大地は笑い飛ばした。

「あのくらいじゃケンカにならないよ。つきあい長いし、悪態なんかもしょっちゅうだ」

「そうなのか……」

「コミュニケーションを積むってそういうことだろ。ほんとにいやならいやって言うし。それでもやめないやつとは友達づきあいなんてしないし」

「そうなのか……？」

西脇の語尾は、自信がなさそうに上がった。大地は笑った。

「そうなんだよ。言ったろ、コミュニケーションてのは戦いだ。戦いって言葉に抵抗があるなら、よく言われるのはキャッチボール。相手に投げたボールがどんなふうに返ってくるかで対応を変えるんだ。誰だって知らない相手とキャッチボールするときは、いきなり強い球投げないだろ、相手がどのくらい経験者かわからないんだから。最初は相手の受けやすい球を投げていって、お互い少しずつ相手のことがわかってきて、相手がそれくらいできるやつってわかったら、剛速球を投げても、変化球を投げてもいいよ。それも抜きでいきなりビーンボール投げてくるやつには、こっちもくそボールを投げつけてやっていい。逆に言えば、相手はみんな自分の鏡で、自分がしたように返してくる。それさえ忘れなきゃ、多少失敗してもお互いさまだ」

西脇は考えこんでいるようだった。大地の言葉を、自分なりに咀嚼《そしゃく》している様子だ。

「ちなみに、おれが早口で聞き取れなかったら言えよー」

「いや、それは大丈夫だ」

と、これはすんなり返事があった。

しばらくして、西脇は深くうなずいた。

「なるほど……」

そう言った声は感嘆と理解に満ちていて、いつぞや、読書会でおざなりに言ったものとは、まったく響きが違っていた。大地は何とはなしに嬉しくなった。

「意志を伝えるだけでは、コミュニケーションとは言わないってことなんだな。それは例えれば壁投げで、キャッチボールとは言えない」

「そうそう。おお、わかってきたじゃん」

西脇の背中をばしばしたたく。気安いしぐさにも、西脇はすっかり慣らされたようだ。

「コミュニケーションは学習の積み重ねだ。長年連れ添った夫婦が『おい、アレ』で通じるのは、状況をかんがみて次に何を求めるかを学習してるからだ。だから、そのデータの蓄積がない、いわば素人には、まったく通じない。だろ？」

「そうだな」

「まあ、夫婦に限らず、親子とか家族、親しい友達でも、データの蓄積があれば、アレ、で通じることは多々あるだろ。そういうのって、学習の成果なわけだよ。……おまえ、今おれが何考えてるかわかる？」

西脇はたじろいだ。大地の顔をまじまじ見つめ、その表情から、過去のサンプルを呼び出し、何を考えているか探ろうとしているようだ。

「……『もっとがんばりましょう』とか……？」

真剣な面持ちで、小学生の宿題に押されるスタンプのようなその答えを出した西脇に、大地は声を立てて笑った。

「全然ハズレ。腹へったよ。メシ行かねえ？」

◇◇◇

国立科学博物館は、上野《うえの》にある。屋外展示の蒸気機関車と、巨大なシロナガスクジラが目印だ。

「ガキのころ見たこのクジラって、もっとでかかったような気がするんだよなあ」

日曜の午前十時、待ち合わせた正門前でクジラの模型を見上げた大地が感慨にひたると、西脇は、

「相対的におまえが大きくなったってことだろう」

と至極当然のことを言った。

大地は十センチ以上高いところにある顔を横目で見上げた。

「いいよなあ、でかくて」

その羨望《せんぼう》は、思ったより恨みがましげに響いた。西脇がちょっとたじろいだ。

「……なんで？」

「背高いほうがかっこいいじゃん」

百七十センチにわずかに届かないくらいの自分は、この顔立ちとあいまって、かわいいとしか言われないのだ。男子と生まれた以上は、かっこいいと言われたいではないか。

西脇は淡々と言った。

「上背だけあっても、おれはかっこいいと言われたことはない」

「おま…そんな正直に……」

大地は噴き出してしまった。西脇なりに慰めてくれたのかもしれない。

「ありがとな」

「何が？」

西脇はこれもわかってないようで、気が楽になったような、背丈みたいなささいなことを気にしている自分の気が小さいような、複雑な思いになった。

たぶん西脇は、自分の容姿に対する他人の評価に、まったく興味がないのだ。何か秀でた部分があっても、それで得意になりもしなければ、劣った部分に劣等感を抱きもしない。たとえば、背が高くてかっこいいね、と言われたとしても、それのどこが、と真顔で訊き返しそうな気がする。愛すべき朴念仁だ。

招待券で入り口を通り、展示室に一歩踏み入ると、いきなり巨大な骨格標本に出迎えられた。ご丁寧に口をあけ、入場者に襲いかかろうという姿勢だ。

「うお」

大地は思わず身を引いた。薄暗い館内、しかも骨だけですけすけだというのに、獲物を捉える鋭い視線にロックオンされた心地がする。

「なんだ、これ？　ティラノ？」

メジャーな肉食恐竜の名前を出すと、西脇は冷静に首を振った。

「いや、タルボサウルスだ。ティラノの仲間だけど、ひとまわり小さい」

「すげーな、見ただけでわかるもん？」

「表示があった」

西脇の指差したプレートを、大地も読んだ。なるほど、タルボサウルス、Tarbosaurus bataarと記されている。

「なんだよ」

その種明かしに、蹴りを入れるまねをすると、西脇は笑った。

おお、珍しい。大地はその屈託ない笑顔を、新鮮な気持ちで見やった。

「肉食の恐竜だよな？」

「そうだ。ティラノサウルス科タルボサウルス属、まがうことなき肉食、生態系の頂点だ」

「へええ……」

大地はその骨格を見上げ、頭を前から横からと眺めまわした。鋭い大きな歯が並ぶ口は獰猛《どうもう》そうだが、横から見たときと前から見たときとでは印象が違う。思ったより顔の幅が狭いのだ。

「これだけでかきゃ、小顔とは言わないだろうけどなあ……」

獲物に嚙みつき、キリで抉《えぐ》りこむように首をひねって肉を食いちぎる、そういう行動に適した頭のかたちなのだろう。顎《あご》の頑丈さからするに、嚙み砕く力も強そうだ。もしヒトが餌食《えじき》になったとしたら、ひと嚙みで胴体をまっぷたつにされるに違いない。痛い痛い痛い。いや、痛みなど感じる間もなく絶命するか。

想像してしまって身震いすると、隣で西脇が淡々と言った。

「実はニワトリに近い」

「え!?」

大地は目をむいた。

「ニワトリって、鳥の…だよな？　恐竜ってトカゲとかの仲間じゃないんだ？」

「骨盤の形状から、鳥類に近いとは言われてた。ある研究では、骨のタンパク質を調べたら、遺伝子的にはニワトリのほうに近いという分析結果が出たらしい。羽毛が生えていたかもしれないというのも議論になってる」

「へー」

「鳥類に寄生するトリコモナス——という単細胞生物がとりついて感染症を起こした痕跡《こんせき》のある化石

も見つかってる。ああ、その生物はもちろん、現代のじゃなくて、当時の種だけど」

「そんなことまでわかるのか」

「学者は少ない材料でもできるだけかき集めて、あれこれ研究してる。それこそ歯の一個、骨の一本、骨片のひとかけらにさえ、何か新しい発見はないかと、目を皿のようにして探してるんだ」

そう語る西脇は楽しそうだった。やはり好きなのだろう。

それからも、天井から吊るされた翼竜の巨大な翼に感嘆したり、それについて、ここまで大きくなると飛び立つのに容易でなく、彼らは崖に棲《す》んでそこから滑空したことなどを説明してくれた。西脇は、ふだん無口がちなのが嘘のように饒舌《じょうぜつ》で、専門外のはずなのにいろいろなことを知っていて、くわしかった。

大地は訊ねてみた。

「なんで恐竜研究の方向に進まなかったんだ？　好きなんだろ？」

西脇は首をななめにした。

「ロボットも好きだったし……じいちゃんが」

「おじいさん？」

「あ、おれの祖父が……」

「べつにいいよ、じいちゃんで。で？」

するとと西脇は足をとめ、ちょっと黙りこんだ。沈黙が長くなって、大地が、話しにくいことかな、あまり立ち入って聞かないほうがいいかも、と思い始めたときだ。ようやく口をひらいた。

高三の冬に亡くなったという西脇の祖父の話だった。近所に住んでいて、むかしからよく遊びにいっていて、工作というものの楽しさを教えてくれた人だったそうだ。

「亡くなるまでの何ヶ月間か、完全に寝たきりになって、口をきくこともできなかった。目は見えてるらしくて、かすかにうなずいたり、首を振ったりすることはできたけど、どうしたい、こうしたいという意思表示はほとんどできなかった。おれは見舞いにいくたび、何かしてほしいことはないかと訊いたけど、返事はなくて……。おれは勘も察しも悪いし、わかってあげられなかった。亡くなってからは、ますます、じいちゃんの気持ちがわからなかったことが、すごくくやしくなった。もっとやりたいこととか、食いたいものとか、あったはずなんだ。おれが聞き取れなかっただけで、じいちゃんは何か訴えてたはずなんだ」

そういうことを、西脇は、ぽつぽつと、言葉を選びながら、話した。今でもそのことを悔いているのだろう、表情は苦く、重い。

大地は、かける言葉が見つからなかった。コミュニケーションを本当にとりたかった相手と、うまくとれなかったというのは、西脇の中で傷になったのだろう。あまり気に病むな、と慰めることはたやすいが、他人から見えない傷を負った人間は、そんな言葉くらいで真に慰められはしないのだ。

無意識に、ぽんぽんと、いくらか猫背気味の背中をたたいていた。西脇が口先だけの慰めを必要としないのが真実なら、大地が、そうと知りつつも慰めてやりたいと思うのも真実だ。

思いは、通じただろうか。西脇は短く息をついた。

「……だから、ヒトの脳波を感知して行動するロボットがつくりたいと思ったんだ。口がきけなくても、こうしたいと思っただけで、ヒトの行動を補助するようなのができればいい。パワードスーツほど大がかりなものでなくても、思ってることを音声出力するとか、意思表示ができるだけでも、ずいぶん違うはずだろう」

「なるほどな」

確か、彼らの大学の理工学部に、そういうロボット研究で定評のある教授がいるはずだ。

「重度障害者用のそういう意志伝達装置は、今でもあるにはあるが、まだ一般的ではない。ほんのちょっと指先を動かすとか、場合によっては息を吹きかけるだけで動作するようになってるけど、そもそも取り付けに精度が必要とか、誰でも気軽に使えるっていうわけじゃない。おれはそれを、例えば脳波センサー付きの帽子をかぶればすぐに使える、というような、もちろん安価なものを、つくりたいんだ」

それはたぶん、西脇が――西脇のおじいさんも、だ――一番ほしかったものだろう。西脇のおじいさんは、ああしたいこうしたいという要望だけでなく、西脇に、伝えたいことがあったはずだ。

大地は、また西脇の背中をぽんぽんとたたきながら言った。

「そんなロボットがあったら、おじいさんはおまえに、いつもありがとうって言ったと思うよ」

西脇は大地を見た。前髪のかかる目もとに、驚きの色が浮かんでいる。

あまり真顔でまじまじ見つめられたので、大地はてれくさくなった。我ながらクサイせりふ、とも思った。

しかしここで視線をそらすと、途端にうそくさくなるような気がして、本当だ、の意図をこめて、見返してやった。

西脇は小さく息をついた。

「……そうかな」

大地は太鼓判を押した。

「そうだよ。勉強しなくていいのか、とか、彼女できたか、とか訊いたかもしれないけど」

西脇はようやく少し笑った。子供みたいな、素直な笑みだ。

「そう思うことにする」

「おう、そうしとけ」

西脇がそのロボットを実現させたら、おじいさんの代わりに、もっとたくさんの人が、西脇にありがとうを言うだろう。それくらい価値のあるものだ。

「がんばれよ」

「ああ」

二人はまた順路にそってゆっくりと歩き出した。

「でも大変だったんだな。高三の冬ってことは、ちょうど受験だったろ？」

大地の疑問に、西脇はこともなげに答える。

「だからその年は受験を棄《す》てた。べつに問題ない」

大地は驚いた。

「おまえって何気にすげー」

「……そうか？」

「すげーよ。かわいい孫が、受験を蹴ってまでそばにいて気にしてくれたんだから、おじいさんだって嬉しかったろうと思うよ」

「……ありがとう」

西脇はてれくさそうに小鼻をこすった。

大地もてれくさくなって、展示ケースのひとつに駆け寄った。

「これ何だ？　死神の鎌《かま》みたいだ」

それは大人の腕の長さほどもある、湾曲した化石だ。一端が鋭くとがっている。

「テリジノサウルスの爪《つめ》だ。来てたんだな、おれも実物は初めて見た。体長八メートル以上、前脚だけでも二メートルはある」

「すげえ。肉食？」

「いや、草食だと言われてる。魚を食ってたという説もある」

「草食だとすると、草刈り鎌みたいにして使ってたってことなんだろうなあ」

「そうだな。あるいは、肉食恐竜に対する防御の武器か」

「ああ、確かに、撃退することは大事。……こっちは、えーと、エドモントサウルス？　どんなん？」

「カモノハシ恐竜の一種だ」

「カモノハシ？　って、今もいるやつ？」

「ああ。直接の仲間ってわけじゃなくて、カモノハシみたいな口吻《こうふん》を持つ草食恐竜の総称」

「へー」

大地は、アヒル口の恐竜を想像した。なんだか愛嬌《あいきょう》のある顔だ。

西脇は頭骨の口の部分を指差す。

「奥歯のここのところに並んでるのが全部歯で、サメのように、古い歯はどんどん新しいのと置き換わるようになってる」

「えっ、ちょう便利！　つか、ここにずらーっと並んでるの、全部歯!?　ホッチキスみてえ」

「ほんとだな」

たっぷりと時間をかけて何億年もむかしの世界にひたり、出口まで来ると、いくらか腹がへっていることに気付いた。

「なんか食ってく？　ここって食堂みたいのあったよな」

大地の提案に、西脇はうなずいた。

しゃれっけのない、学食に似た印象のカフェテリアで、二人は軽食をとることにした。大地はカルボナーラ、西脇はハヤシフイスだ。店内はラウンジスペースとつながっていて、ランチタイムからずれていたものの、日曜とあって、子供連れを中心にそこそこの客がいた。

二人は、ちょうどそこだけあいた六人がけのテーブルについた。

「いただきます！」

「いただきます」

黒コショウの香りに誘われ、早速パスタをひとくち食べると、実はものすごく空腹だったことに気がついた。次のひとくちをせわしなくフォークで巻きとりながら、大地は西脇の様子を窺《うかが》った。こちらも、すでに次のスプーンを口に運んでいた。

おれもハヤシかカレーにすればよかった、と、スパゲッティをフォークでからめとるのをまだるっこしく思いながら、大地は西脇を観察した。

ひとくちが大きいが、がっついているという印象がないのは、よく噛んでいるせいかもしれない。皿からハヤシをすくって口に持っていく動作は、きっかり四拍子だ。二拍でひとくち分をわけ、一拍でそれをスプーンですくい、最後の一拍で口へ。咀嚼は長く、三十回噛むという健康法を守っているのだろうか。

そういえば、サークルで飲み食いに行ったときも、淡々とメシを食っているという記憶があった。箸《はし》の使い方の悪い先輩や、口にものが入っているのにしゃべる先輩、と、マナーのよろしくない者もいたが、西脇はその無口さとあいまって、淡々と、黙々と食事していることが多かった。それはそれで好ましいものだ。

フォークを口に運びつつひとしきり観察して、腹と観察心が落ち着いたところで、大地は訊ねた。

「理系の講義って、どんなのあるんだ？　ロボットってもう今から作ってるのか？」

西脇はきょとんとし、次いで、口に入れていたものを慌てた様子で咀嚼し、飲みこんでから答えた。

「簡単なものなら」

「どんなの？」

「江戸時代に、茶運び童子ってからくり人形があったろ。あれのロボットバージョンみたいなやつだ。決められたルートを進み、ある地点で荷物を受け取り、それを違う地点へ運ぶ。そこで荷物をおろしたら、今度はまっすぐ帰ってくる」

「へえ……おもしろそうだな」

「おもしろいよ。チームでやってるけど、いろんな知恵が出されて、勉強になる」

「おまえの言ってた、人の脳波で動くやつ、あれは作れそうか？」

すると西脇はちょっと考えた。

「おれが、とは言わないが、作れるだろう。脳波で動かすパワードスーツは、海外ですでに開発されてる。まだ研究段階で、軽量化とか量産化とか、商品として出るには課題が山ほどあるだろうが」

「へぇえ……」

まさにＳＦだ。「人間が想像できるものは必ず実現できる」とは、「ＳＦの父」ことジュール・ヴェルヌの言葉だが、いつの日か、実現したらいいと思う。

大地は高揚した気分でスパゲッティを平らげた。

同じころ、西脇も食べ終えた。きちんと手を合わせて、ごちそうさまを言っている。

いただきますは言ったものの、ごちそうさまを言い忘れていた大地は、慌てて倣った。

「西脇、親が行儀に厳しかったりするか？」

「いや……？」

西脇は首をひねる。

「特に厳しいってことは……。一般的な行儀の範囲内だと思う」

「家族構成は？」

「両親と、兄と妹だ」

「妹がいるのか。いいなー。おれんとこは兄貴と姉貴だ。年下のきょうだいがほしかったよ」

「……末っ子か」

西脇は意外そうな面持ちで大地をまじまじ見る。

大地はそれを、じろりと見返す。

「わがまま末っ子って言いたいのか？」

「いや、そんなことは」

西脇はすぐに否定したが、大地はむうと口をとがらせた。

沈黙がおりた。

西脇は、ややあって言った。

「…綿貫は、しっかりしてるように見えたから。末っ子だとは思わなかった」

大地は目をみはった。西脇は、気まずくて黙りこんだのかと思ったが、考えていたのだ。

「おまえ、いいやつだなあ」

しみじみ言うと、きょとんとした顔をされた。

「え、この脈絡でどうしてそうなるのかわからない」

「気を遣ってくれたんだろ？」

「残念ながら、遣ってない」

ということは、しっかりして見えるというのは、単なる慰めではなく、本当に、少なくとも西脇には、そう見えたということだろうか。実家では兄と姉に甘えんぼ扱いされていたので、しっかりしていると言われることは、かっこいいと言われることと同じくらい重要だった。

「サンキュ」

「だから……」

「うん、しっかりしてるって言ってくれて、サンキュ」

人からそう思われたり、そう思っていると口に出されると、少しはその方向に近付いているのかと自信が湧いてくる。

胸にあたたかいものが灯《とも》り、足元がかるくなったような気がした。

「おまえって、いいやつだな」

「……どういたしまして……？」

西脇のほうはといえば、わけがわからないなりに返事をしなくてはと悩んだあげく、やっと口にした言葉も疑問調子という頼りなさだったが。

◇
◇
◇

月曜の昼、混みあう学食でランチをつつきながら、郁磨は親友の綿貫大地が食事そっちのけで話すのを聞いていた。昨日、この友人は、サークルの仲間と恐竜展に行ったそうだ。

「でっかい爪見た？　カマキリの鎌みたいな、こんなの」

「見た見た！　あんな爪した生き物がこの地球上にいたってだけで、なんかもう『事実は小説より奇なり』を地で行ってるよなあ」

と、最初は確かに恐竜の話だったのに、話題はいつの間にか、連れの言動にシフトしていたのだ。

一緒にいった友達とは、先日郁磨も会った、理工学部の西脇だという。

「……でさ、おれらの地元、七夕祭りあるじゃん？　そういう話をしたらさ、あいつ何て言ったと思う？」

「何だって？」

「仮にヴェガとアルタイルの寿命が十億年として、それを人間の寿命百年に換算すると、彼らはヒトの一千万倍のスピードで生きていることになる。となると、三百六十五日に一回という頻度は、三秒そこそこに一回の割合だ、って」

「へー」

「ただしそれは、会うのに時間がかからないという前提で成り立つ。そもそも彼らは十六光年離れているので、光の速さですっ飛んでいったとしても十六年、仮に互いが光の速さで近付きあったとしても八年かかる、って」

「へー……」

郁磨は天井を見上げた。

「理系ってそんなふうにばっか考えてんのかな。いっそ新鮮でおもしろかったよ」

「で？」

「惚《ほ》れて通えば千里も一里って言うじゃん、きっと二人は、八年だろうが十六年だろうが気にしてないよって言ったら、そういう考え方もあるのかって感心してた」

大地は思い出してまた笑った。

そうかと思えば、急に真顔になって、

「高校のときコクってきた彼女と、七夕のイベントでデートしたこともあるらしいんだけど、もしかしたらそこでそんな話をしたのかな。女子の求めるロマンとはちょっと違うかもなー」

真剣にそんなことを心配してやっている。

まだ続いた。

「妹がいて、これがかわいいんだ。写真見せてもらって…、あ、赤外線通信でもらったんだった」

携帯電話を取り出し、写真フォルダを呼び出す。

「これこれ。変顔」

大地から見せられたのは、若い男と、その背後から、彼の前髪をきゅっとてのひらで押さえるようにして額を丸出しにする少女のツーショットだ。少女は寄り目になって下顎を突き出しており、男のほうは、前髪を押さえる手に引っ張られているのか、目が糸のように細くなっている。笑っているのか、困っているのかわからない口元は、アヒルのようだ。

楽しそうだ。仲のよい兄妹なのだろう。

「前の男が西脇で、女の子が妹な。兄貴にとってもらった写真だってさ」

「へー」

郁磨は、故意なのか故意ではないのか、変な顔で写っている男をまじまじ見つめた。前髪があがっていると、ずいぶん印象がちがう。

「そいつ、いつも目にかかりそうなくらい前髪伸びててさ、そんなにデコ全開なの、おれもその写真で初めて見たんだけど」

「へー……」

「顔をちゃんと出したら実はイケメンでしたってオチかと思ったけど、そんなでもなかった」

「おまえ、それは失礼だ」

そんなやりとりしている間も、のどがむずむずするような、言いたいことがすぐそこまで出てきているような気持ちをこらえ、郁磨はケータイを返した。

「つか、おまえ、手がとまってるぞ。さっさと食って出ようぜ」

「おっと」

大地はようやくAランチにとりかかった。

郁磨はあらかた食べ終えていたが、しゃべるのに忙しかった大地のほうは、まだ半分近く残っている。

大地はポークジンジャーをせっせと口に運んだ。

「プリン食っといてやろうか?」

「許さねー」

からかいながら、郁磨はペットボトルのウーロン茶を飲んだ。

午後の講義はべつべつだ。学食を出たところで、郁磨は大地と別れた。三階の教室の前で、ぽんと肩をたたかれる。振り向けば、そこに立っていたのは背のすらりと高いイケメンだった。渡部だ。

「おう」

精一杯何気ないふうを装った郁磨に対して、渡部はにこりと笑って教室へと促した。

「午後イチの講義って眠くなるよなー」

「あー、わかるわかる」

などとぼやく学生の間を抜けて、ほぼ定位置となった真ん中からちょっと廊下寄りの列、前から三段めの席に着きながら、ふと思い返すのは、大地の様子だ。何が楽しかったのやら、大食いの親友が、食べることそっちのけでしゃべっていた。——きっと楽しかったのだろう。大地は、何かにハマるとそのことばかり夢中で話す癖がある。

友人と恐竜展に行って、話すことはその友人のことばかり、というのは、たぶん、恐竜よりもその友人にハマったのだ。理系男子の思考が新鮮だったのかもしれない。

「何か考えごと？」

と渡部がのぞきこんでくるのに、んー、と生返事で応える。

「勉強のこと？　それとも、おれのこと？」

そう重ねて問いかけられて、いつもだったら、何言ってんだそんなわけないだろ、と照れ隠しに全否定するところを、無意識に答えていた。

「いや、大地のこと」

渡部はがっかりした顔つきになった。

「そこは冗談でもおれのことって言ってほしかったよ……」

「あーはいはい」

郁磨はかるく受け流した。

そこへ、教授が入ってきた。学生たちのざわめきが静まってゆくのを感じながら、郁磨はテキストをひらいた。


「心ここにあらずって感じだったね」

渡部がそう言ったのは、講義が終わって、学生たちが席を立ってゆく物音でざわついているときだ。

郁磨は我に返った。

「あ。何だって？　聞いてなかった」

渡部は肩をすくめてくりかえした。

「心ここにあらずって言ったんだよ。教授の話は聞いてたし、ノートもとってたけど、機械的に手が動いてるみたいな感じだった。何か悩み事？」

「いや、悩みってわけじゃねえけど……」

「さっき、綿貫のこと考えてるって言ってたのの続き？」

「ああ、まあ、そんなとこ」

郁磨は、ふう、と息を吐いた。

渡部は重ねて訊ねてくる。

「前に視たことと関係してる？」

「ああ、まあ、そんなとこ……」

おっとりして見えるくせに、容赦なく核心をついてくるやつだ。郁磨は、今度ははっきりとためいきをついた。

「なんかこう、むずむずするんだよ」

「どうして？」

促す声が穏やかなのに助けられ、郁磨は、さきほどから喉のあたりをうずかせていた言葉を吐き出した。

「おれの視たあいつの相手って、たぶん、西脇ってやつだ」

そう口に出すと、思った以上にすっきりした。よほど言いたくて——言いふらすという意味でなく、黙っていられないという意味で——たまらなかったらしい。王さまの耳はロバの耳。

渡部はちょっと目をみはった。

「郁磨、会ったことあるの？」

「一度だけな。サークルのダチだって。昨日一緒に恐竜展に行ったらしくて、昼休みの間中、延々とそいつの話聞かされた」

「へえ……」

「あいつ、西脇のこと好きなのかな」

あるいは、西脇は、大地のことが好きなのだろうか。だとしたらいつから？　今の時点でもう好きになっているのだろうか、それともこれからだろうか。

郁磨は腕組みして考えこんだ。そればかりは、当人たちにしかわからない。郁磨が知っているのは、二人がつきあうという、いわば結果であって、どちらが先に好きになったか、告白するのはどちらか、それは知りようがないのだ。これからもう一度、今度はその経過を視るのでない限り。

郁磨は頭を抱えた。

「なんか複雑だ……」

「どうして？」

「ダチの恋愛って、なんか、首つっこみたいような、おれのダチとるなって気分になるっていうか、そういうとこないか？」

まして、相手は男なのだ。ごくふつうに女子を恋愛対象にしていた親友に、どんな転機が訪れるのか。

「それを言ったら、先にそういう気分になったのは綿貫のほうだと思うけど」

渡部は正論を吐いた。確かにその通りだ。このイケメンと先にできあがってしまったのは郁磨のほうなのだから。

「そうなんだけどよ……」

だからといって、はいどうぞ、と言えるかどうかというのは、別問題だ。子供っぽい独占欲なのかもしれないが。

渡部はやさしい目で言った。

「大丈夫だよ」

「何がだよ」

「郁磨にはおれがいるよ」

「は――」

郁磨は思わず渡部の顔を見た。無駄に整った顔、それが慈愛に満ちたまなざしで、郁磨を見守る。

途端に気恥ずかしくなった。

「お――っまえは、白昼堂々と人をたらすんじゃねーよ！」

渡部は動じない。かえってにっこりとまぶしいような笑顔になり、

「それって、郁磨がおれにたらしこまれてくれたってこと？」

「誰もんなこと言ってねえ！」

ぺしんと頭をはたいたが、このイケメンは楽しそうに笑うだけだ。

郁磨はぼそりと脅迫した。

「誰にでも言ってたらぶっとばすかんな」

渡部は大きくうなずいた。

「安心しなさい。郁磨だけだよ」

その甘い甘い、見る者の目をとろかしそうな笑みは、まだ見慣れない。

「あっそ」

てれくささと、目をとろかしてなるものかという危機感で、郁磨はそっぽを向いた。

◇
◇
◇

親友の煩悶《はんもん》などつゆ知らず、大地は恐竜展以来、西脇とよく話すようになった。それは、一枚の扉を根気強くノックするのに似た作業だ。コンコンとたたく。コンコン…と控えめにたたき返される。何してる？　と訊ねる。いろいろ考えてる…と返事がある。どんなこと？　と質問する。例えば…と返答がある。それをくりかえしている。

そもそもメインのキャンパスが違うので、顔を合わせる機会は少ないと思っていたが、実は西脇は、去年履修を終えたはずの一般教養の講義をひとつ落としており、週に一度は神田キャンパスで受講しているそうだ。

大地はそれを、偶然知った。火曜の昼休み、大地は直前の二限が空き時間なので、大抵図書室か学食で調べものをしたり課題を片付けたりしているのだが、その日も早めに学食でランチをとっていて、席を探す西脇を見つけたのだ。

「西脇！」

声をかけると、背の高い男はすぐに大地を探し当てた。

「これから昼？　ここあいてるから座れよ」

「ああ、ありがとう、助かる」

「珍しいじゃん、こっちのキャンパスにいるのって。何かあったのか？」

西脇は小鼻をこすった。

「いや、実は、二限の哲学をとってて……」

「え、一般教養？　……再履修ってこと？」

「去年単位の計算違いをしてたみたいで……」

大地は笑った。

「案外抜けてるな。そしたらこれから毎週、席とっといてやろうか」

「いいのか？」

「おれ、二限は空きなんだ。どうせ手間は一緒だしな」

そんなふうにして、毎週火曜のランチをともにすることが決まった。

西脇は律儀なのか、哲学が休講になったときも、学食で大地を待っていた。

「え、なに、休講だったらわざわざこっち来なくてよかったんじゃん。時間もったいなかったろ」

「いや…、べつに」

「おれはツレがいたほうが楽しくていいけどな」

テーブルにランチのトレイを並べると、西脇のほうに、大地もお気に入りのプリンが乗っている。

「お、プリンじゃん。おまえも好きなの？」

今日は買わなかった大地は何気なく訊いたのだが、西脇はそれをとりあげ、黙って大地のトレイに置いた。

大地は慌てた。

「え、いやいや、ほしいって言ったわけじゃないから！　おまえが食っていいんだよ」

戻そうとすると、西脇はぐいぐい押しやってくる。

「……いつも、席とってもらってるから。お礼のしるしだ」

「席とるのなんて、大したことじゃないじゃんか」

「……でも、おれにとってはありがたいから。もらってくれ」

ぼそぼそと、一生懸命な様子で訴える西脇に、大地はほっこりした。

いいやつだな、と思う。無口で無愛想でとっつきにくいと思っていたのはつい先月のことだったはずなのに、今は、この口下手だけれど誠実な心を知っている。おもしろいことや、気のきいたことを言うわけでは決してないが、考え考えしゃべるのだとて、愛すべき生真面目《まじめ》さではないか。

「んじゃ、いただきます。ありがとな」

礼を言うと、西脇はほっとしたように、肩の緊張をゆるめた。表情が明るくなって、口元が動いたのは、よかった、と呟いたのだろうか？

その様子に、まるでバレンタインに本命の相手に決死の思いでチョコレートを手渡した女子が、受け取ってもらえただけでも胸をはずませるような、そんなところを連想してしまって、大地はどさっとした。

おいおい何考えてるんだよ、と自らにツッコミを入れる。いくらなんでもその発想はオトメすぎる、西脇は男だ、自分と同じ。落ち着け。

そうと自制しながらも、エビフライランチの皿の隣にあるプリンを視界に入れるだけで、口元がゆるんでしまうのは、いったいどういうことなのだろう。

「ほんとに好きなんだな」

と西脇から指摘されて、思わず、

「ふえっ？」

と裏返った声が出た。

西脇はトレイを指差した。

「プリン見てにやにやしてる」

大地は何気ないふうを装った。

「ああ、うん。ここの購買で一番好き。プリンは他に『とろーり』っていうのと『濃厚』っていうのとあるけど、おれはこの焼きプリンが一番好き」

西脇はほっとした顔を見せた。

「ああ、やっぱりそういうこだわりあるんだな。見覚えのあるパッケージで選んだんだけど、正解だった」

「え、マジでちゃんと選んでくれたんだ？　ちょう嬉しー！　ありがとな」

大地の好みを覚えていてくれたこと、わざわざ選んでくれたことが嬉しく、早く食べたいような、食べるのがもったいないような、そんな気持ちを、大地はもてあました。

「おまえはあんまり甘いものって食べないか？」

「おれか？　おれは、うーん……好きなのは甘納豆なんだけど、購買には置いてないからな」

「渋いな」

「じいちゃんちで、よく出してもらってた。蓮の実とか、栗とか、好きだ」

「ああ、栗はおれも好きだわ。あれ、なんで『納豆』ってネーミングなんだろうなあ」

そんなふうにして、互いの好みのことも少しずつ知っていった。

毎週木曜のサークル活動日にはまめに顔を出し、メンバーたちもまじえてだべったあとで、そのまま二人で食事に行ったりもした。

「おまえさ、織姫と彦星の物理的な距離の話、彼女にしたりした？」

「したが」

「デートの最中ってことないよな？」

「デート……のときだったが」

「女心のわからないやつだなー」

「……人の心全般がわからないけどな」

そうほろ苦く笑う西脇に、やっぱり、と、覚悟していたこととはいえ、ふしぎな胸の痛みを覚えもしたが。

七月のＳＦ研究会の読書会は、いよいよシリーズ最終巻――とはいうものの、まだ連載が続いているので、完結巻というわけではない――しかも、物語の展開がシリーズ中最大級に難解ということもあって、会が始まるなりあれこれと意見が飛び交い、議論が白熱しそうな気配だった。

富山が立ち上がった。

「飲み物買ってこようか。綿貫、手伝って」

大地も立ち上がった。

「あ、おれ行ってきますよ」

「一人じゃ大変だろ。おれも行くよ」

富山がそう言ったのは、いつもこういうときに使い走りをさせられる相方、西脇が、今日はまだ来ていないためだ。

そうと決まると、次々にリクエストが飛んでくる。

「おれウーロン茶」

「コーヒー頼むな」

「おれいつものー」

「フルーツ牛乳ですね」

「ばか、ちげーよ！　コーラ！」

全員の注文をとりまとめ、大地は富山と連れ立って管理棟の自動販売機コーナーへ行った。千円札を食わせてやり、ボタンを押しては富山に渡してゆく。

「コーヒーが微糖二本、ブラック一本、ウーロン茶と緑茶とコーラと……富山さんはいつものミルクティーでいいですか？」

富山はちょっと眉を上げた。

「よく憶《おぼ》えてたな」

「そりゃ毎回買ってますからね」

ミルクティーのボタンを押す。ガコンと出てくる。

「山口のはフルーツ牛乳なんて言ってたろう」

「あれはただの冗談ですよ」

大地は笑った。

自分のためにはストレートティーのボタンを押し、最後のドリンクを取り出した大地は、部室に戻ろうとして、富山が目の前に立ちふさがっているのに、ちょっと目をみはった。

「……どうしたんです?」

富山は、相変わらず読めない笑みをうかべている。

「ちょっと内緒話」

「はあ……」

大地は思わず周囲を確認してしまった。誰もいない。

富山は訊ねた。

「綿貫、今、つきあってる子はいるかな」

「フリーっすよ」

「じゃあおれとつきあわない?」

「………はい?」

大地は再び目をみはった。瞬間、郁磨の予知が頭をかすめた。——相手は郁磨の知らない、背の高い、男。富山にもあてはまる。

「え…富山さんて、そっちの人ですか?」

「そうだね」

「えー、気がつかなかった。まあ、かっこいいのに女っ気ないなーとは思ってましたけど」

「かっこいい？　それは、期待していいのかな」

富山はにっこりする。大地は慌てて手を振った。

「え、いやいや、一般論です」

「残念」

さほど残念そうでもなく言った先輩に、これはポーズだろうと思う。富山は、思っていること、感じていることを素直に表情に出すタイプではない。全然ダメージを受けていないという顔の下で、血を流す深い傷を抱えている。それがただの強がりなのか、彼自身の美学なのかはわからないが、注意が必要だ。

大地はまじめに考えてみた。なにぶんにも、そっちの人からつきあおうと告白されたのは初めてなので、どうしたらいいものか、対応に困る。

「……なんでおれを好きになってくれたんです？」

「そうだね。綿貫はかわいいし」

「おれ、かわいいって言ってくる人は信用しないことにしてるんです」

すると富山は目をみはった。

「かわいい顔して活《い》きのいいところ、って言い直してもだめか？」

「だめっすね」

「失敗したな」

苦笑いする表情は、いつもと変わりないようだが、かすかに寄せた眉に、本物の悔いも感じられた。

大地は慌ててフォローした。

「あの、おれのどこを気に入ったのであろうが、好きになってくれて、嬉しいです。でも正直なところ、富山さんとそういう意味でつきあうって、考えたこともなくって……」

「これから考えてくれればいいよ。それでもだめ？」

「……すみません」

大地はぺこりと頭を下げた。真面目に申し出てくれたものを、いい加減な気持ちで返事をするわけにはいかない。

「そうか……。わかった。ありがとう、ちゃんと答えてくれて」

「とんでもない。こっちこそ、気持ちに応えられなくて申し訳ないです」

「いいよ。これからも先輩後輩としてはつきあってくれるだろ？」

「はい、もちろん」

いつも通りの穏やかな笑みを向けられ、大地はほっとした。恋愛対象としては見られなくても、こういうことでぎくしゃくするのは残念だというくらいの情はある。いい先輩なのだ。

富山はほろ苦い笑みをうかべる。

「富山さんならすぐにいい人が見つかりますよ、なんて言われなくてよかった」

大地は目をみはった。

「え。思いつきもしなかった。……こういう場合は言うものですかね？」

「言われなくてよかったって言ったろ、そんな残酷なこと」

こいつめ、と脳天にこちんと拳骨《げんこつ》が落ちてきた。

そのときだ。

「何をしてるんだ？」

硬質な響きの声が投げかけられた。大地はぎょっとし、視界をさえぎる富山ごしに首を伸ばし、声の主を見やった。

そこにいたのは、西脇だった。こわばった顔をしていたが、振り向いたのが富山に大地であるのを見てとって、緊張をゆるめた。

「あ――すいません、誰か、カツアゲでもしてるのかと」

などと言い出したのには驚いたが。

「ひどいな」

富山は苦笑する。

「綿貫とお使いにきたんだ。茶くみ坊主の片割れが遅刻したせいだぞ」

「……すみません」

西脇は神妙な面持ちで頭を下げる。

「おまえも買いにきたのか？　ちょうどいい、これはおまえが持ってこい。おれは先に戻ってるから」

「はい」

西脇は渡された人数分のドリンクを受け取り、もう一度頭を下げて、先に部室へ戻る富山を大地とともに見送った。

大地は息を吐き出した。どっと疲れた思いがした。隣で飲み物を抱えて突っ立っている西脇をちらりと見上げる。

「……おまえは、コーヒー？」

「え？　ああ」

自販機に追加の小銭を入れ、ボタンを押す。西脇のいつも飲んでいるのは、香り微糖とかいう黒い缶だ。取り出したそれを、西脇の、すでに人数分のペットボトルや缶の飲み物でいっぱいの腕の中に積む。

「おい……」

西脇はさすがに抗議の声をあげたが、大地は取り合わなかった。

「……何か、深刻な話の最中だったか？」

邪魔をしてしまったのかと気を回す同期に、大地は首を振った。

「いんや、来てくれて助かったよ。……いろいろと、複雑な事情が……」

また、深く息を吐く。今度はためいきでなく、頭をすっきりさせるためにだ。

郁磨の視た、「自分が男とつきあう」という予知は、一面では当たっており、一面でははずれていた。当たった一面は、「自分が男から恋愛感情を向けられる」という一事で、はずれたほうは、言うまでもなく、「自分が男とつきあう」ことだ。

でも違う、と大地は思った。相手は富山ではない。富山は確かにいい人で、親切で、ハンサムで頭もよくて、好きか嫌いかと問われたら好きと答えるが、そういう意味での「好き」ではない。なぜなら、デートなぞに誘われたら、自分はきっと緊張して、気疲れする一方だろうからだ。

そういう意味で「好き」なのは、むしろ――。

大地は目の前の男を見上げた。

「……綿貫?」

訝《いぶか》しそうな視線が見下ろしてきていた。大地は無意識に唾《つば》を飲んだ。

頭が混乱していた。「そういう意味で好きなのはむしろ」、何と続けるつもりだったのだろう。自分はそのとき、この須臾《しゅゆ》の間に、誰を思い浮かべたのか?

しかし。

「綿貫、具合悪いのか？　顔がこわくなってるぞ」

人の混乱と動揺を、顔がこわいなどという身もふたもない表現で言い切った相手に、混乱は瞬時に怒りへと変換された。

「こわいって何だ！　バカ！」

「綿貫――」

西脇がしまったという顔をする前に、大地は肩をいからせ、足音も荒く、おろおろする男を置き去りに、一人で部室に戻った。

「遅かったな、綿貫。あれ、お茶は？」

「西脇が持ってます！」

「なんだ、おまえらケンカしたのか？」

「貴重な同期だろ、仲よくしろよー」

「してますよ！」

大地の剣幕に、茶化しかけていた山口が腕組みした。

「……マジっぽいな」

「おいおい勘弁してくれよ。ただでさえ弱小サークルなのに、これ以上メンバーが減ったら寂しくなるだろう」

「……すみません」

大地は深呼吸した。いくらなんでも、先輩に八つ当たりはない。

「何かあったのか？」

「いや、何もないですけど……」

富山がどんな表情をしているか気になったが、今そちらに顔を向けてはならないと、ぐっとこらえた。そもそも富山は関係ないのだ。関係ない。

あくまで自分と西脇との問題だ。

そして実は、今の時点では、西脇にも関係がなかった。大地が独りで動揺しているだけなのだ。

はあっと深いためいきがこぼれた。

「すみません……」

殊勝に頭を下げると、先輩たちのほうが慌てた。

「え、いやいや、叱《しか》ってるわけじゃないぞー。落ちこむなー」

「そうそう。おまえは我がサークルのマスコット的存在なんだから、いつもニコニコ、かわいこちゃんで頼むよ」

「はい……」

かわいこちゃん、などと、ふだんなら速攻で皮肉のひとつも返すところだったが、今日はその気力もない。

そうこうするうちに、西脇が戻ってきた。飲み物を持ちにくそうに抱え、ドアもようやっとあけられたという体だ。

「おう、ご苦労さん」

「大変だったな」

近くにいたメンバーが何本か引き受け、それぞれに手渡した。

西脇は、身軽になって大地の隣の椅子に座った。

メンバーが課題図書についてわいわい語り始める中、大地は小声で謝った。

「ごめんな。重かったろ」

西脇はかぶりを振る。

「いや。……おれも、人の気持ちがよくわからなくて、怒らせたり幻滅させたりするから。気に障ったんなら悪かった」

「おまえは悪くないいんだよ……」

大地はためいきをついた。

そうだ、西脇は悪くない。人の気持ちは、好意にせよ悪意にせよ、己れの中でのみ完結するものだ。

ヒマワリは太陽に恋する。恋しているのはヒマワリだけだ。

ヨカナーンはサロメを憎む。憎んでいるのはヨカナーンだけだ。

自分の気持ちが愛憎のどちらにせよ、相手にとっては関係ないこと、どうでもいいこと、あずかり知らないこと。そう思うのは自分の勝手で、相手に影響するかどうかはまたべつなのだ。

大地は絶望した。——たぶん、西脇は、大地の想いを理解しない。

だってそうだろう、七夕祭りに浴衣を着た女子に、今年は織姫と彦星は会えるかしらと訊かれて、秒速三十万キロですっ飛んでいってさえ十六年かかる距離だと言い放つ男、彼女が花火きれいねと言えば、炎色反応について語る男だ。悪意はないがロマンスのかけらもない。浴衣女子にさえ心動かされないものを、同性の大地によろめくはずもない。

恋を自覚したとたんに失恋したようなものだ。いっそ気付かなければよかった。そうしたら、これまでと変わらず、わだかまりもなく、友達としてだけでもこれまでと同じようにつきあえただろうに。

メンバーが、課題図書について時間軸がどうの、不確定性がどうの、と話し合うのをよそめに、大地は、隣で西脇がちらちらと気にしているのも知らず、どんよりと沈んでいた。

読書会のあとの飲み会は、翌々日から試験の始まる者がいるということで、夏休み前にあらためて打ち上げをすることになった。

「いっそ今月はもう休みにする？」

「ああ、それもそうだな。試験で泣きそうなやつもいるだろうし」

「誰とは言わないけどなー」

「言い出しっぺって言うけどなー」

「じゃあそういうことで。ま、活動日には誰かしらいるだろうけどな」

「お疲れー」

大地は、駅への方向が一緒ということで西脇と並んで歩き始めたのだが、もちろんテンションはあがらない。

刑場に引かれてゆく囚人のような足取りで黙って歩いていると、西脇が口をひらいた。

「富山さんに――」

「え」

突然出されたその名前に、大地はどきりとした。

西脇は足元を見たまま続ける。

「好きだって、言われたのか？」

「え――」

大地はますます動揺した。

西脇は小鼻をこする。

「……ごめんな。さっきの、自販機の前での富山さんとの話、実は、聞いてたんだ」

「……え!?」

ぎょっとして大地は隣の男を見上げた。

「聞いてたって、何を？　どこから？」

「え…と、おまえが、富山さんに、自分を好きになってくれて嬉しいって…言ったあたり……？」

「ああ…言った」

「それから、富山さんとそういうふうになるなんて考えたこともない、って」

「……言った」

言葉はもちろん違うが、確かに、富山さんとつきあうことは考えたこともなかったし、考えられなかったから、そう答えた。それを聞いていたのか。

西脇はどう感じたろう——気色悪いなどとは思わなかったか。男同士の恋愛というものを、許容できるか。

理解してくれる、などとは望むまい。気持ち悪いと思わないでくれたら、避けないでいてくれたら御の字だ。大地は手を握りしめた。

その苦悩をよそに、西脇は、一呼吸おいて、言った。

「先を越された、と思った。しまった、と思った」

「……は」

大地は目をみはった。耳も疑った。先を越された。誰に？　富山に。富山が大地に告白したことに。

それはつまり——。

「え……つまりそれって、おまえ、おれのこと好きってことなの？」

西脇ははっきりうなずいた。

「そうだ。……と思う」

「ほんとに、おれのことそういう意味で好きって言ったの？　理系のくせに？」

すると西脇は顔をしかめた。

「おまえは理系を何だと思ってるんだ……」

「だって、七夕デートで、今年は織姫と彦星が出会えるといいわねって言った女の子に、ヴェガとアルタイルの距離だの何だの講釈する男が、ロマンスを解すると思わないじゃないか。彼女はきっと、おまえとそのロマンスを分かち合いたかったはずなのに」

西脇はふしぎそうにした。

「おまえは、そこまで他人の気持ちがわかるのに、どうしておれの気持ちがわからないんだ？」

「わからないよ、わかるわけないだろ。おれにできるのは推測するだけだ。おまえは浴衣のかわいい女子と歩いてても、べつに何を感じるわけでもないんだろう。まして同性だぞ？」

「本当に好きな相手でなければ、浴衣だろうが何だろうが何も感じない。本当に好きな相手であれば、性別は関係ない。違うのか」

大真面目に、違うか、と問い返されて、大地はかっと頰が熱を持つのを感じた。怒りではない。もっと熱く、激しく、甘い感情によってだ。

「そ――」

答えかけて、女子大生と思《おぼ》しき二人連れが、何気ないふりをしつつ、それでいて気になるという様子で通りすぎた。小声で話しながら、ちらちらとこちらを振り向く。

大地は深呼吸した。

「ちょっと、場所変えよう。往来でする話じゃなかった」

「ああ……じゃあ、うちに来るか」

「うち？　って、おまえの？」

「ああ。ここから三駅」

西脇は一人暮らし、大地はいまだ実家住まいだ。ゆっくり話ができるのは、西脇の部屋だろう。

大地は、先に歩き始めた背の高い男についていった。


西脇が部屋を借りているアパートは、地下鉄で三駅、そこから徒歩三分のところにあった。二階建ての一階の部屋で、古そうだが手入れは行き届いている。間取りは１Ｋで、六畳間と三畳のキッチン、狭いながらバス付き。住人は単身赴任者と学生だそうだ。

部屋に通された大地は、きょろきょろと見回した。参考書や電子回路の本や、ノートやメモで雑然としているのは、大地の部屋と似たりよったりだった。ベッドの代わりに、布団が敷きっぱなしになっている。机にティラノサウルスのよくできた骨格フィギュアが飾ってあるのは、先日一緒に行った恐竜展で買ったものだ。

その隣に、シュリンクがかかったままのピンク色のボトルがあった。いやにファンシーなパッケージは、この部屋にはどうもふつりあいだ。フレグランスにしては大きいボトルだが、何だろう。フィギュアの塗装剤とか？

「何か飲むか？」

「いや、いいよ」

「とりあえず、座っててくれ」

西脇は机に向かうための椅子を引いてくれた。自分は布団をたたんで、その上に腰をおろす。

大地も礼を言って椅子に座った。

「ええと……つまり」

あらためて冷静になると、急に気恥ずかしくなった。西脇を好きだと自覚したのと、西脇から好きだと告白されたのとが、この三時間ばかりのできごとなのだ。大地自身、本当に西脇を「そういう意味」で好きなのかはあいまいなところがある。富山さんより西脇のほうが好きだというのは確かだが、果たしてそれだけでいいのか。

「ちょっと確かめたいんだけど。……西脇、おれのこと好きって言ったよな？」

「言った」

「どういう意味で好きなんだ？　おれのどこを好きになったの？」

西脇は、いつものようにちょっと考えるしぐさをした。

「綿貫は、何と言えばいいのか……かっこいい」

「かっこいい!?」

ひそかに、かわいいとぬかしたら殴ろうと決めていたが、このせりふには度肝を抜かれた。かっこいいと言われることは、ほとんどない。

西脇は考え考え続ける。

「ぽんぽん言葉が出てくるところとか……サークルの先輩たちともテンポよくやりあったり……。おれは、気の利いたことは言えないから、そういうところ、すごく憧《あこが》れる」

「ええー……」

大地は思い切り怪訝《けげん》な顔をしてしまった。それが「かっこいい」ことなのだろうか。

「それと、人とうまくしゃべれないおれに、レベル上げつきあうって言ってくれたところとか。……おれはむかしから、テンポが悪くて、つっかえつっかえしゃべるのにつきあってくれるのは家族くらいで……いや、友達も少しはいるが……とにかく、綿貫は、おれにないものを持ってる。それがすごくかっこいいと思う」

「あ…そう、なんだ」

「パワフルなところとか。小柄なのに、元気なところとか」

「小柄はよけいだ」

実際、百八十センチ以上ある西脇に比べれば、百七十に満たない自分は小柄以外の何者でもないが、面と向かって言われて愉快な単語ではない。

西脇は笑った。

「そう、そんなふうに、ただちに返せるところ。……いいなと思う」

「あ……そう」

大地は髪をぱりぱりと掻いた。真正面から向けられる好意は、くすぐったい。しかし、その好意がどういう種類のものなのかは、まだわからない。

「……で、おまえはおれと、エッチなことしたいの？」

その問いは、大地にとっても爆弾だった。ピンを抜いたらすぐに手を放さなくてはならないもの。爆風と衝撃に備えて、覚悟しなくてはならないもの。

だが。

「したい」

と、西脇はただちに答えた。これまで、何かというと考えこんでいたのとは、段違いの速さだった。

大地は半ばあきれた。

「それだけは即答かよ」

西脇はまっすぐ大地を見つめていた。

「ずっと考えてたんだ。綿貫のことが、そういうことコミで好きなのかどうか、ずっと」

大地は心臓がどきんとはねたのを感じた。西脇のまなざしは真剣で、誠実だった。

「おまえが富山さんに、『そういう意味』で好きなのか、と訊いてたのは、そういうことだろう」

大地はゆっくり息を吐いた。そういう意味、とは、確かにそういう意味だった。恋愛的な意味かどうか、そこに性愛的なものをともなうかどうか。

「おれはおまえが好きだと思ったとき、どういう好きなのか考えた。友達として好きだというのもあるだろう。けどそれだけか。それ以上の感情は含まれないのか。……キスしたいとは思わないか。さわりたいとは思わないか」

大地は赤くなった。健康な成人男子の考えることとしてはしごくまっとうだが、やはりてれる。

「そんなことをずっと考えてたら、ある日、夢精した」

「……は!?」

大地は驚愕《きょうがく》した。さきほど投げた爆弾が、倍の威力で投げ返されたようだった。

「おまえと抱き合ってる夢を見てた。夢の中のおまえは――」

丁寧に内容を打ち明けようとする西脇を、大地は慌ててさえぎった。

「いやいや、そういうことまでくわしく話さなくていいから！　清純だったたって言われても、小悪魔だったたって言われても、困るから！」

西脇は目を伏せた。

「……すまなかった。こんな気持ちを向けられても、おまえは迷惑だろうから、告白するつもりはなかったんだ。でも、富山さんが告白してるのを聞いて、おれも男らしく告白すべきだろうと思った。……富山さんに対するおまえの態度を見て、軽蔑したり、気持ち悪がったりしないでくれそうだとも感じたし」

そういう大地だからこそ惹かれたのだとも言える、と、西脇は静かに、真摯な口ぶりで続けた。

——沈黙がおりた。西脇は、全部吐き出していっそすっきりしたという顔つきだったが、大地はまだ迷っていた。

自分も西脇が好きだ。それは確かだ。

けれども、西脇とエッチなことをしたいという意味でかどうかは、今の今まで考えたことがなかった。それどころか、この気持ちが正しく「好き」なのかどうかもわからなかった。

だが、富山が正々堂々と告白し、西脇もまた正々堂々と告白してくれたのだから、大地も男らしく告白すべきだろう。そうしなくてはいけないのだ。

大地は唇をなめた。

「おれは…、おまえとエッチできるかって訊かれたら、自信がない。でも、おまえのことは好きだ。物理の宿題を手伝ってもらいたさにつきあったっていうおまえの元カノに、無性に腹が立つほど。おまえなんかに西脇のよさがわかるかってケンカふっかけたくなるほど」

「……綿貫」

「そうでありながら、おまえとロマンチックなデートがしたかったんだろう元カノが、当のおまえにムードをぶち壊しにされて、それがさぞ寂しかったろうなと同情するほど」

「綿貫——」

「これって、おまえと同じように好きってことだと思うか？」

自分でも言い切ることはできず、助けを求めるように西脇を見つめると、男は大地の前に立って、大地の手を握った。

「おまえは、そこまで他人の気持ちがわかるのに、どうして自分の気持ちがわからないんだ？」

責める口調ではなく、やさしい声だった。

「……ごめん」

大地は顔を伏せた。

西脇の笑う気配があった。

「ちょっと安心した」

そうして、両腕を背中にまわして、大事そうに抱きしめてくれた。

「西脇……」

「綿貫…好きだ」

大地も、その背を抱き返そうと立ち上がった。

「……おれも」

きゅっと抱きつくと、身長差を実感した。十センチあるとキスするのにちょうどいいんだっけ、と考えたとき、西脇の顔が寄せられた。

あ、キスされる、と、反射的に目を閉じていた。

西脇からのキスは、不慣れなのがありありとわかるものだった。目測を誤って、頬とか顎とかに押し当てられ、なかなか唇にたどり着かない。

大地は、無粋と知りつつ、忠告した。

「……西脇、目標を定めるまでは、目をあけとけば？」

「あ、そうか」

気がつかなかったという顔つきで、西脇はそのとおりにした。

大地も興味津々で、ゆっくり近付いてくる恋人の顔を見つめていた。

西脇は真顔で言う。

「おまえは目をつぶってくれないと、くれる」

「あーはいはい」

おかしくなって笑ってしまいそうだったが、初めての相手とはてれるのか、勝手がわからないのは、こちらも一緒だ。大地はまぶたを閉じた。

「……ん」

今度はちゃんと唇にキスされて、思わず声がもれた。感じたというのではなく、よくできました、の声のようだった。

西脇は、そうっと、大地の唇をついばんだ。朴念仁のわりに、やさしいキスだ。もっと無骨な、ぶっきらぼうな、無愛想なキスをするのかと思っていた。

大地の頬を包んだてのひらの、その指先にちょうど耳たぶがあるらしく、それもそろそろとたぞられる。くすぐったい。

「西脇……」

吐息のように呼んだ声が、我知らず甘くなった。頬を包むてのひらに、わずかに力がこもったと感じた。耳たぶをいじる指先も強くなった。はっきり愛撫《あいぶ》と知れる強さだ。

愛撫、と、その単語が脳裏に飛び出して、かっと頬が熱くなった。ちょっと待て、と言いかけた口は、察したらしい西脇に吸いつかれて、何も言えなくなった。

「…ふ……っ」

ちゅ、ちゅ、と、ぬれた唇を吸う音が立つ。それにますます煽《あお》られたように、西脇は大胆になっていった。大地が息継ぎのために口をあけると、その隙間に舌が這《は》いこんでくる。

「ん――」

「んん……」

ちょっと待て、落ち着け、という訴えは、言葉にならない声になって、伝わったようだ。名残り惜しげに離れていって、大地は目をあけた。視界がぼやけるているのは、息苦しさか、余裕がなくなってきたあせりかで、涙の膜がうすく張っているらしい。

しかし、その中に、西脇の、今まで見たことがない男っぽい表情――ありていに言えば、雄《オス》くさい――を捉えて、どきりとした。ときめいた、のかもしれない。茫洋《ぼうよう》とした男だと思っていたが、こんな眼もできるのだ。これはまるで、獲物に飛びかかる寸前の獣のようではないか。

——ほしがられている。その事実は、大地の胸を騒がせ、鼓動を速まらせ、体温を上昇させ、つまり、ときめかせた。

「……西脇」

「綿貫……」

「西……っ」

何を言うひまもなく、またキスされた。今度は先のよりも激しく、熱く、強かった。壁に押しつけられ、抱きすくめられ、めちゃくちゃに吸われた。

大地は、足のつかない海で波に揉《も》まれている心地がした。自分の体が自分のものでないように、自由に動かせず、重さも感じない。頭がぼうっとなっているのだ、西脇の熱にあてられているのだ、と、そこまではわかったが、だからどうするという対処法には思い至らなかった。その必要はないと思っていたのかもしれない。吸われるのも、ついばまれるのも、甘咬《あまが》みされるのも、気持ちがいい。

シャツの上から胸もとをまさぐられ、ボタンのありかを探っているのだと気がついて、そこで初めて、これはまずい、と気がついた。

「んん…、んーっ……」

「……ん」

「ん……！」

唸りながら背中をばしばしたたくと、ようやく、しぶしぶとながら離れた。

とは言っても、顔はまだ至近距離にある。五センチ以上は離れたくないと言うように。

大地は、これだけは確認しておかねばならないという使命に燃えて、訊ねた。

「するの……？」

それに対する西脇の返答は、断固としていた。

「する」

「え……っ」

そんな一足飛びに、というかちゃんとできるんだろうか、まさか実験と同じレベルでしてみようと考えてるわけじゃあるまいな、と湧き起こる不安を見透かしたように、西脇は自信に満ちた口ぶりで続けた。

「やりかたは、ネットで調べた。そういうコミュニティみたいなところとか、掲示板で」

「マジか……」

「ゴムもローションも用意してある」

「マジか！」

大地は衝撃を受けた。淡々として見える相手がやる気まんまんだったことにではない。西脇がそこまで考えていたことにだ。

自分より西脇のほうが、よほど考えていたのだ。さわりたいと思った、キスしたいと思った、そういう意味で好きだとわかった、と結論づけるまでに、西脇は仮説を立て、検証し、考えに考えたのだろう。理系の根気強さで、ひとつひとつ反証をつぶしながら。

そして、自分の気持ちはわかった、あとは相手——つまり大地だ——の気持ちひとつとなったとき、当の相手から受け容《い》れると言われたら、それはＧＯサインが出たも同然で、そのときになってまごつかないよう、準備を整えていたのだ。

「わかった」

大地は覚悟を決めた。

「おれも男だ。おまえが肚を決めてる以上、おれも決める。しよう」

「綿貫……」

西脇のおもてに喜色がうかんだ。

西脇の大きな手、器用な指を備えた手が、大地の手を包んだ。

「やさしくする」

それは、ネットで拾ったマニュアルに載っていたのかどうか。一生懸命な口ぶりだったので、西脇のオリジナルかもしれない。

大地は笑った。

「期待してるよ」

敷き直した布団にもつれるように倒れこんで、飽かずキスをくりかえす。

「シーツ……」

キスの合間のわずかな隙に、目を見交わしながら、西脇が呟く。

「ん……？」

またキス。

「換えてない…。ごめん」

さらにキス。

大地はおかしくなった。ゴムもローションも用意しておきながら、シーツを換えていないことに、今気がついたのか。それとも、準備——心と、物的なものと——はしていたものの、こんなに早くXデーが来るとは、さすがに思っていなかったのか。

そうするうちにシャツのボタンをはずされ、前をはだけられ、ランニングシャツの裾《すそ》をたくしあげられて、胸にじかにふれられた。西脇の大きな熱い手が、素肌の上を這い回る。器用な指先が胸の突起をいじる。ふにふにしたゼリーのようだったそれは、こねられるうち、芯《しん》を持ってグミのようになった。西脇はそれをつまみ、ころがし、押しつぶし、かわいがった。

「にしわき……」

大地は熱っぽい息をついた。そんなところが感じるとは思わなかった。女の子とは違うと思っていたのに、伊達《だて》に同じものがついているわけではないのか。

ぐいと、ランニングをさらに押し上げられた。

喉もとまで、ということは、胸が完全にあらわになることに——そう気がついたときには、西脇の顔が、その胸の上にあった。そうして、今まで指先でいたずらしていたそれを、唇で捕えた。かるく吸いあげ、あるいは舌先でくすぐる。なめられている、しゃぶられている、という視覚の事実は、実際の感覚よりダイレクトに脳に突き刺さった。

大地は一気に頭に血がのぼった。

「そんなこと…しなくてっ……」

西脇は上目遣いに見た。

「だって綿貫、気持ちよさそうだ」

そう言いながら、下腹部にも手をふれてくる。たちあがりかけたものは、ジーンズの上からさわられただけでも敏感に感じる。

「……！」

羞恥《しゅうち》のあまり死にそうになった大地をしりめに、西脇は再びそれを吸い始めた。

初めて知ったのだが、それに加えられる圧力は、吸いあげられるときと、唇にはさみこまれるときとでは、明確に違う。知りたいわけでもなかったのだが、そんなことでも考えて気をそらしておかないと、頭がへんになりそうだ。

「おまえって、おっぱい星人なの？」

「誰のおっぱいでもいいわけじゃない。綿貫のだから」

「おまっ……よく恥ずかしげもなくっ……」

もうだめだ。羞恥ゲージの針が振り切れた。これ以上は検知不能、どうにでもなれだ。

「あ……」

そのタイミングで歯を当てられて、思わずやるせない声がもれた。西脇は煽られたように強く吸いつき、痕《あと》を残した。

「……西、……」

伸び上がってくる男に、またキスされる。舌が這いこんでくるのに、無意識にこちらからもからめていた。柔らかく、熱い。

「ん…ふ……」

「綿貫、服、脱ごう」

「……う、ん」

腕をとって引き起こしてもらい、シャツとランニングシャツを脱いだ。

「下は？　自分で脱げるか？」

その問いかけが、あまり余裕を見せていて癪に障ったので、意地でも自分で脱いでやると思う。ジーンズとパンツを一緒におろすと、すっかりたちあがったものが現れ、我に返って恥ずかしい思いをしたが。

西脇は淡々と自分の服を脱ぎ捨て、きゅっと抱きしめてきた。下腹部のものがバッティングし、ますます顔が熱くなる。

キスしながら再び布団に倒れこみ、さえぎるもののない肌をくまなく愛撫された。丹念な愛撫、愛《いと》しくてたまらないと訴えかけるような愛撫だった。

それにふれられたときには、だから大地は、すっかりとろかされて、ぼうっとしていた。握られたことにも気付かなかったくらいだ。あ、気持ちいい、と感じて、その快感をもたらすのが何か、ようやく自覚した。

「にしわき……っ」

急にこわくなって腕をつかむと、西脇はまたのぞきこんで、甘いキスをくれた。

「大丈夫だ」

そうなだめられると、そんな気になってくるからふしぎだ。大地は己が内に眠る快楽を、男の手にゆだねた。

「…ふっ……ん……」

強弱をつけてさすられ、指先でくりくりとなぞられる。とろりとこぼれ出たものをぬりひろげられ、刺激される。

「ん…にしわき……」

「気持ちいいか？」

「…………」

返事は声にならず、大地はがくがくとうなずいた。

その反応に勇気づけられたように、西脇はキスに熱情を、手指に力強さをこめ、大地を愛撫した。

「西脇……あ、あ、あ……っ」

しがみついた手に、力がこもった。爪を立ててしまったかもしれないなどと意識にものぼらなかった。空高く持ち上げられて、ふっと無重力になって、がくんと落ちる感じ——大地は、西脇の手に放っていた。

荒い呼吸が、自分でも耳障りなくらいだった。大地は手の甲を口元にあて、できる限り押さえようとした。

信じられないくらい気持ちがよかった。人にしてもらうのは、こんなにいいものだったのだろうか。

——いや、ちがう。それが、好きな人とする、ということなのだ。誰とでもいいわけではない。握りつぶされれば命にかかわる器官を、そう簡単に明け渡せるわけではない。

好きな相手だから。西脇だから、だ。

そうか、それくらい西脇をふところに入れてるってことなんだ、とぼんやり思ったとき、さらにプライベートな部分にふれられた。腿《もも》の付け根の、その、うしろの、奥。

思わず起き上がろうとする動きは、押さえこむようなキスで封じられた。

「綿貫……」

ささやきが熱っぽい。その熱に、耳まで溶かされそうだ。

「うあ…そこ……っ」

大地は悶《もだ》えた。西脇の長い指は、あらぬところに分け入り、そのあたりを丹念にほぐしていた。何かぬりつけていると思ったら、例の、ピンク色のボトルがそばにあって、つまりこれがローションだったと知る。すべりは驚くほどよく、行き来をたやすくしている。

指は二本ほど入りこんでいた。ときどきばらばらに曲がるのがわかる。

郁磨は喘いだ。自分でさえ意識したことのない体の内部を、他人の指に探られていると思うと、いたたまれないことこの上ない。

「西脇……まだ……？」

いっそのこと、はやくわけのわからない境地にまで突き落としてほしいものだが、西脇はばか丁寧に慣らすのだ。

「もう少し…。本当は、何日もかけて慣らしたほうがいいらしいから」

「そんなことされたら、恥ずかしさで死ぬわ……」

大地は呻《うめ》いた。指が、もう一本足されたようだ。圧迫感が強くなる。

「痛い？」

「…変な…感じ……」

「ゆっくりするから……。肛門括約《かつやく》筋は、損傷するとあとあと面倒らしいし」

「面倒って、なに……」

「便失禁なんて、したくないだろ」

大地はぎょっとした。なんと生々しいことを言うのか、この理系男は！

「死んでもやだ……！」

「だったら、もう少しがまんしろ」

「手短に頼む……」

泣きたいような気分で力を抜き、相手にゆだねる。

息をつめてしまうと、なかも緊張するような感覚があった。大地は努めてゆっくり呼吸した。

「もぉ……なんか話してて」

大地は泣きごとを言った。

「気をまぎらせてないと死にそう」

「……話すって、何を」

「なんでもいいよ……」

「……おれは、こっちに集中してないと気が散る」

「うー……」

こういうのは性の不一致とは言わないのか、それを言うなら性格の不一致か。

「もう、いい」

大地は業を煮やし、あげた足で男の肩を押しやった。

「おい――」

「もう十分だよ。これ以上ただいじられてたら気が変になる」

大地は西脇の手から腰を逃がし、体を起こした。入り口にふれてみると、十分ぬれているようだった。これなら大丈夫だ。たぶん。きっと。おそらく。

「綿貫――！」

西脇が驚きの声をあげたのは、大地が押し倒したからだ。反射的に起き上がろうとするのをのしかかって封じ、腰にまたがる。そのまま位置を合わせようとしたら、西脇が慌てた。

「待て…、待て！　ゴム！」

「そんなの――」

「ナマでやるリスクを甘く見るな！　病気を持ってなくても、おまえは腹を痛くするぞ」

大地は動きをとめた。

「……そういうもん？」

西脇は確信を持ってうなずいた。

「そうだ。精液中に含まれるプロスタグランジンという物質、これが不随意筋を収縮させる作用を持ってて、つまり――」

大地はためいきをついた。

「あー、いや、わかったから」

いや、ほとんどわかりはしないのだが、この理系の恋人が理路整然と説明しようとするほどには危険らしいということはわかった。

膝のあたりまで下がってやると、西脇は、ほっとしたようにゴムを取り出した。

「……着けかた知ってんの？」

大地は思わず訊いてしまった。

西脇は大真面目にうなずいた。

「練習した」

「あ、そ」

どんな顔で練習したのか、などとは、考えるな、考えるな。

西脇は、練習の甲斐《かい》あってか、硬くたちあがったものにするするとかぶせた。

「綿貫……」

呼びかけは、やや緊張していたが、甘かった。大地は膝立ちで前へ進み、西脇の腰のあたりでとまった。

しかし、そこから先へというと、いっこうに動けなかった。先ほどの勢いはすでに消えてなくなってしまい、今は、あられもない体勢に顔が熱くなるばかりだ。

西脇がそっと腕を伸ばしてきた。髪にふれられ、指先が頬をかすめ、西脇の手もふるえていることに気がついた。

緊張しているのはお互いさまだ。大地はほっとして、自分から西脇にキスしていった。

「……ん」

「綿貫……」

唇を甘咬みすると、浮かせた腰に手をまわされた。

いっそキスしながらだったら顔が見えなくて恥ずかしくないかも、と思いついた大地は、そのままゆっくり腰を落としていった。ゴムに包まれたものの先端が当たるのを目安に、もう少し右、もうちょっとうしろ、と腰を動かし、先ほど西脇の指がさんざんまさぐっていたあたりに行き着いて、息を吐きながらゆっくりおろしてゆく。

「ん……っ」

少なからぬ違和感、圧迫感に、体がこわばってしまうのはしかたない。

「綿貫…無理しなくていい」

「ん…だいじょぶ……」

頬を寄せ合ったまま、少しずつ呑みこむ。一番太い部分がくぐったあたりで、思い切って腰を沈ませてみた。

「うあ……！」

叫びは、どちらのものだったろうか。大地は、さすがにひきつるような痛みを覚えて、西脇の肩にしがみついた。

「わ、綿貫……痛かったんじゃないのか」

そう気遣ってくれる西脇の声はうわずり気味で、懸命に冷静を装おうとしているようで、もしかしたらこちらは気持ちよかったのかもしれない。

大地は返事もできず、西脇の、案外男っぽい肩に顔を伏せて、痛みをやりすごし、呼吸を整えていた。

「綿貫……」

西脇の手が、そうっと背中やそこらを撫でる。

「綿貫……痛いか?」

西脇の手は、大きくて熱くて、やさしい。

「綿貫……」

大地はようやく答えた。

「なんか…いっぱいいっぱいな感じ……」

思ったより平気そうな声が出た。

西脇はほっとしたのか、ちょっと笑った。

「おれもだ。……よかった」

「……よかった? ……なにが?」

「え、と……」

同じくらいいっぱいいっぱいになって、同じくらい相手を感じて、同じくらい熱くなっている。それがよかったと、西脇は例によって例のごとく、とつとつと語った。

大地は深く息をついた。

「……おれも」

「うん」

西脇の背中に両腕をまわすと、西脇も抱き返してくれた。胸を合わせると、互いの鼓動が重なって響く。

「動けそうか…？」

「ん……」

「ゆっくりでいいからな。つらくないように……」

「ん……」

ゆらゆらと躰《からだ》を揺らしながら、大地は泣きそうになった。なぜかはわからない、苦しいのか、幸せなのか、それすらも。

「なんか…話してて……」

半泣きでねだると、それに対して西脇は、もう、集中していないと気が散るなどとは言わなかった。

代わりに口にしたのは、

「好きだ」

という、真摯な、熱っぽい、愛情に満ちた言葉だ。

大地は、心臓がとまった、と思った。が、それは勘違いで、次の瞬間には、ものすごい速さで打ち始めたのを知った。これは、胸が高鳴ったと言うのだろうか。ときめいた、とか。

西脇はくりかえす。

「好きだ――」

何度も何度も。

「綿貫……好きだ」

「西脇――」

「……好きだ」

その声に勢いづけられるように、大地は腰を揺らした。西脇は、息をするたびに好きだとささやきながら、大地の腰にそえた手で、その動きを助けた。

「綿貫、好きだ……！」

「西脇…、……っ」

極まる瞬間、おれも、とささやき返したのは、はたして恋人に届いただろうか。大地は確かめるすべもなく、意識を手放した。

西脇の声は、存外甘い。ふだん理屈っぽいくせに、反則だ——そんなことを、うとうとする頭で考えたのは、耳に入ってくる呼びかけのせいだ。ことの最中、何度も好きだと言ったのと同じくらいの頻度で、自分を呼んでいる。

しかし今は、いやに不安そうだ。

「綿貫——」

「……うるさいよ」

大地は目をあけた。視界に飛びこんできたのは、心配したようにのぞきこんでくる西脇の顔だった。

「よかった」

西脇はあからさまにほっとした。

「なに……」

声がかすれている。喉が渇いていた。

「水……」

横柄にも寝転がったまま求めると、ペットボトルが差し出された。起こしてもらって——手足に力が入らないのだ——飲み口をあてがってもらって、冷えたミネラルウォーターを飲んだ。

喉から胃に落ちた水は、そのまま体のすみずみまで流れるような感覚があった。ようやく頭がはっきりした。

「おれ、どのくらい寝てた？」

「ほんの二分くらいかな。気を失うと思ってなかったから、慌てたが」

「おまえのことだから人工呼吸くらいしそうだな……」

「心臓マッサージしなきゃならないかと覚悟した」

「マジか」

大地は笑った。

西脇はかいがいしく壁際に枕《まくら》をあてがい、楽なように寄りかからせてくれた。

「腹へってないか？　シャワー先に浴びるか？」

大地はそこらをさわってみた。汚れだけはぬぐってくれたようだが、肌にはまだ汗が残っている。

西脇はジーンズだけはいていたが、シャワーを浴びる暇はなかったろう、大地が飛んでいたのはほんの二分だ。

けれども。

「なんか、まだちょっとくっついていたい感じ……」

陶酔さめやらぬ、とは、こういうことだろう。大地にとっては初めての男とのセックスで、とても満たされていた。空腹だのシャワーだのは二の次になるほど。

するると、西脇もてれくさそうに笑った。

「おれもだ」

大地はにっこりして、布団の片側に寄った。

西脇はあいたスペースに並んだ。

しっとり汗ばむ肩をくっつけあい、指をからめて幸せにひたっていると、西脇がこめかみをすり寄せてきた。頬が重なる。キスほどではないが、親密な接触だ。

手をつないで、ほっぺたをくっつけていた――ふいに思い返されたのは、郁磨が視たという光景だ。ベッドの中でとは言わなかったが、あのふしぎな能力を持つ親友は、こんなところを視たのかもしれない。

そりゃーいたたまれなかったろう、と思うと、笑みを誘われた。

「なんだ？」

西脇が甘い声で訊ねる。

「なんでもないよ」

大地はそう答えながら、気の毒だった親友に、プリンのひとつやふたつおごらなくてはならないと考えていた。

あとがき

こんにちは、佐倉朱里《さくらあかり》です。

毎日暑いですね。どのくらい暑いかといえば、自分一人のためにエアコンをつけるのは、いつもなら、何となくもったいない気がしてできないのですが、今回、そんなことより効率が大事、と朝からつけっぱなしにしてしまうくらいの暑さです。これを書いている今日が立秋、本として出るころにはもう少し涼しくなっているとよいのですが、あまり期待できないでしょうか。期待できないんでしょうか…。


さて、初々しい若人たちの恋物語はいかがでしたでしょうか。

『扉の先に』は二〇一一年に『小説リンクス』に掲載されたものですが、書き下ろしを書くにあたって、理系男子と恐竜のことをちょっと調べてみました。

佐倉は、大してくわしいわけではありませんが、恐竜は好きです。古いディズニー映画に『ファンタジア』という、クラシック音楽をアニメーションで表現したという趣の作品がありまして、小さいころにリバイバル上映されたのを、母に連れられて観にいったことがあります。青いトンガリ帽子にローブを着たミッキーマウスは、今でも目にすることがあると思いますが、あれはその中の『魔法使いの弟子』という曲のための扮装です。他にも『くるみ割り人形』のワルツに乗せて花が舞ったり、『ロシアの踊り』に合わせてアザミのカップルが踊ったり、『田園交響曲』ではギリシア神話の世界が展開したりして、目にも耳にも楽しい作品です。

そこで使われた曲の中に、『春の祭典』という曲があります。これはもともとバレエ音楽で、原始の人間の営みをイメージしたものらしいのですが、ディズニーはここに、地球の誕生、生命の誕生から恐竜時代を持ってきて、壮大な一幕にしあげました。余談ですが、残念なことに、小さな子供には退屈らしく、その後も何度か映画館で鑑賞する機会があったのですが、ここに来ると席を立ってしまう親子さんが、いつでも何組かいらっしゃるのですよね…。もったいない。

佐倉が「恐竜」という存在にふれたのは、あれが最初だったのかどうか、さだかではありませんが、たぶんあのときから恐竜が好きです。稲光をバックに咆哮するティラノサウルス(タルボサウルスかもしれない)、尻尾のトゲで反撃しつつも、やがて倒れるステゴサウルス。固唾を呑んで二匹の死闘を見守るギャラリーの恐竜たち。ドラマです。

恐竜ってロマンですよねえ。あの巨大な生き物、信じられないような姿かたちの生き物が、本当に生きていたと考えるだけで、わけもなく感動してしまいます。

興味を持たれたかたは、レンタルショップにあるようですから、ぜひどうぞ。『ファンタジア』はただの『ファンタジア』と『ファンタジア二〇〇〇』と二種類ありますが（『二〇〇〇』もいい作品ですが）古いほうです。

さて、最後になりましたが、お礼とお詫びを。

今回ものすご…っく予定を狂わせてしまったためにご迷惑をおかけしてしまったイラストレーターの青井秋《あおいあき》先生、申し訳ありませんでした…！　おっとりイケメンの渡部《わたべ》は、まさに渡部という感じです。郁磨《いくま》も活きがよさそう。ありがとうございました。

じりじりしながら待っていてくださったであろう担当のOさん、これに懲りずこれからもよろしくお願いします…！

そしてこの本をお買い上げくださったみなさま、本当にありがとうございます。楽しんでいただけたら幸いです。

それでは、またお会いできますように。

二〇一四年八月　名ばかり立秋の夜に

佐倉朱里　拝

初出

扉の先に	２０１１年 小説リンクス６月号掲載
扉のうちに	書き下ろし

この本を読んでの
ご意見・ご感想を
お寄せ下さい。

〒151-0051
東京都渋谷区千駄ヶ谷4-9-7
(株)幻冬舎コミックス　リンクス編集部
「佐倉朱里《さくらあかり》先生」係／「青井秋《あおいあき》先生」係

リンクス ロマンス

扉の先に

2014年8月31日　第1刷発行

著者……………佐倉朱里《さくらあかり》
発行人…………伊藤嘉彦
発行元…………株式会社　幻冬舎コミックス
〒151-0051　東京都渋谷区千駄ヶ谷4-9-7
TEL 03-5411-6431（編集）
発売元…………株式会社　幻冬舎
〒151-0051　東京都渋谷区千駄ヶ谷4-9-7
TEL 03-5411-6222（営業）
振替00120-8-767643
印刷・製本所…株式会社　光邦
検印廃止

ISBN978-4-344-83201-5　C0293
Printed in Japan

幻冬舎コミックスホームページ　http://www.gentosha-comics.net